一尘集

示单 著

陕西新华出版

太白文艺出版社·西安

图书在版编目（CIP）数据

一尘集 / 示单著 . -- 西安：太白文艺出版社，
2024. 9. -- ISBN 978-7-5513-2799-2

Ⅰ. I227

中国国家版本馆 CIP 数据核字第 2024CV9819 号

一尘集
YI CHEN JI

作　　者	示　单
责任编辑	黄　洁　李德生
封面设计	青年作家网
版式设计	朵云文化
出版发行	太白文艺出版社
经　　销	新华书店
印　　刷	永清县晔盛亚胶印有限公司
开　　本	880mm×1230mm　1/32
字　　数	142 千字
印　　张	8.875
版　　次	2024 年 9 月第 1 版
印　　次	2024 年 9 月第 1 次印刷
书　　号	ISBN 978-7-5513-2799-2
定　　价	58.00 元

目 录

第一辑

启航

艾草之歌

你与生俱来的能量，镶嵌在熊熊火焰中，
如春风拂面，似汩汩清泉流进干涸的土壤。
在艾灸的炽热里，我闻到了生命的秘密，
那是一种可以治愈疲惫、焕发活力的神秘之香。
那翠绿的生命，盛放在初夏的阳光下，
枝叶被阳光亲吻，又被人轻轻收割，
成为世间珍贵的医草，给予人们无尽的呵护。
那清香，是自然赐予人类的庇护。

艾草灸医，健康大益，
那青烟在古法中升腾，带着神圣的气息。
轻烟缭绕，渗透进肌肤，
温热的能量，深入骨髓，唤醒生命的旋律。
无论老少，无论贫富，无论城乡，
都能从艾灸中获得力量，感受到生命的温暖。

看那繁星闪烁，看那灯火璀璨，
艾灸的轻柔之歌，唤醒了沉睡的生命力量。
在每个日出日落的时刻，人们用艾草温暖世界，
让健康的泉水流淌，让生命的花朵绽放。

艾灸之歌，为人类的健康而唱，
那香，那热，那力量，充满了生命的希望。
在每一个微小却珍贵的瞬间，我们与艾草共舞，
让健康的生活方式成为永恒的乐章。

一尘集

慢　　跑

在城市的脉搏中，我找到了节奏，
慢跑在街道的延长线上，
夜的诗篇，由我来抒写。

在这悠长的慢跑的旋律中，
坚韧的乐章，如风中的诗行。
一圈又一圈，我在夜色中呼吸，
虽放慢了脚步，却加快了思绪。
每一步都是坚持，每一息都是领悟，
心脏在跳动，如石头在溪流中磨砺，
那是一种无声的呐喊，
在晨曦与黄昏之间，我在寻找生命的诗篇。
舒展的肌肉，如同孤独的舞者，
在夜的舞台上尽情舞动。

每一个转身、每一个迈步，
都是与生命的对话，

吐故纳新，舒筋活血，
慢跑的乐趣在其中。

跑道如同人生的道路，
有时平坦，有时坎坷。
但我不怕，因为我已知道，
无论何处，无论何时，
我都可以找到属于自己的节奏。

夜色如水，我如鱼游弋在其中，
在这慢跑的旅程中，我找到了自己，
找到了乐趣，找到了意义，
在城市的脉搏中，我找到了自我。
我继续在道路上奔跑，
因为我知道，这不仅是一种运动，
更是一种生活方式，一种对生命的热爱。

一尘集

散　步

轻盈的步履，踏着岁月的琴弦，
在这城市的繁华与喧嚣中，
我寻找一片宁静的田野。
阳光穿过云层，温暖地洒落，
我感受到生命的气息如此醇厚。

万物在微风中翩翩起舞，
如诗如画，如梦如幻。
我与自然对话，
在绿意盎然的世界里流连忘返。
花朵向我微笑，树与我握手，
我沐浴着大地母亲的爱。

散步是一种享受，又是养生，
我在此刻放慢了时光。
心在跳动，灵魂在歌唱，
我在寻找那生命中的芬芳。

我在散步中感悟人生，
在每一步中，体验生命的奇迹；
我在散步中感悟自由，
在每一息中，感受灵魂的飞逸。

散步是一首抒情诗，
诗中有我，有田野，有阳光。
在这漫步的旅程中，
我抒写生命如诗如歌的篇章。

一尘集

砭疗赞歌

风烟漠漠，雨落纷纷，
砭石灸出，补中益气，
扶正祛邪，活血益气，
平衡阴阳，众生病除。

淡淡的月色中，
羽扇轻挥，引来清风一缕。
卷帙浩繁的经书，
藏于心灵深处。
字字句句，
诉说着那远方的故事。

梵音低吟，净化凡尘，
心若清净，天籁似呢喃。
砭石疗法，中气倍增，
身心轻盈如羽，
灵魂游荡于浩瀚书海，

闻香辨药于千丝万缕。

砭疗是一种疗法，
医者仁心，扶正祛邪。
平衡阴阳，调和天地之精华，
笑施砭石起膏肓，坐察形神穷倚伏。
淡淡月光下，羽扇轻挥，
梵音回荡，心清如水，
翻阅经书，故事重现。

足　疗

足疗，似温柔的抚摸，
舒缓疲惫的身躯。
双脚在温水里浸泡，
心灵如同在诗行间漫步。
你是那走远的旅人，
足疗是荒漠中的甘泉。

温暖的毛巾、轻柔的手，
如午后的一缕阳光，
照亮了疲惫的心。
深深的泉，轻轻抚慰，
洗净岁月的痕迹。
那些被遗忘的梦，
在记忆的海洋中苏醒，
给予内心力量。

足疗，你是我的诗人，

借你的诗篇，我感受到生命的力量；

足疗，你是我的画家，

用你的色彩，我感受到生活的魅力。

在诗的海洋中，我沉醉；

在画的天空中，我翱翔。

感谢你，足疗，让我在这人间烟火中，

找到了片刻的宁静与前行的力量。

一尘集

药　浴

在未医的诗篇中，
以草药泡浴的秘方，
如一位深藏不露的诗人，
它用沉默诠释着对健康的信仰。

草药在水中轻轻舞动，
水蒸气在空气中弥漫，
仿佛晨曦中的薄雾缭绕，
在水与火的交融中温婉流淌。

草药是大地的话语，
泡浴是身体的诗行。
疲惫的身心浸入其中，
温热的水流轻抚疲惫的身躯，
草药在肌肤上低声细语，
诉说着生命的奥秘和健康的真谛。

它们是守护健康的精灵，
用微妙的药香和温情的触摸，
让身体在舒适的泡浴中，
感受到生命的活力和健康的愉悦。

药浴，是未医诗篇中的一章，
它用豪放而体贴的手法描绘了健康养生的画卷。
让我们在繁忙的生活中寻找到片刻的宁静，
在舒适的泡浴中感受生命的温暖和力量。

一坐集

瑜　伽

瑜伽，如一位妙龄女子，

轻盈婉约，曼妙多姿。

她，如水般轻灵，

在岁月的长河中，静谧安然；

她，如风般灵动，

在生命的舞台上，舞动着自己的节奏；

她，如云般飘逸，

在冥想的世界里，自由自在。

她是大地之女，

与宇宙的旋律和谐共振，

在生命的轮回中，诠释着永恒的美丽。

瑜伽，是她的名字，

象征着和谐、平衡与宁静。

她，是每个人心中的一片净土，

在冥想与动作中，寻找着健康的真谛。

她的存在，如星空瀚海，

在呼吸之间，流露出无尽的温柔。

在静止的体式中，凝聚着万千的力量，

在动态的转变中，释放着生命的激情。

她是爱的化身，

用柔和的方式，唤醒沉睡的心灵。

在每一个瞬间，

传递着身心的和谐与健康。

瑜伽，如一位知性女子，

优雅自信，悠然自得。

她，如水般润泽，

在人生的舞台上，宁静致远；

她，如风般迅疾，

在理想的征程上，勇往直前；

她，如云般恬淡，

在无我的世界里，洒脱无羁。

她是智慧的化身，

与生命的韵律相辅相成，

她在世界的舞台上，展现着永恒的魅力；

在冥想与动作中，找寻着生命的答案。

她的美，如同晨曦的光芒洒满人间，

温暖着每一个寻求真理的心灵。

一尘集

搓　背

浴池中弥漫着

氤氲的蒸汽

一切是如此模糊

又温暖

放松，我的身体

下沉到水底

灵魂漂浮

在一种轻盈的姿态里

水波在指间荡漾

泡沫在指缝间滑落

那是一种洗礼的仪式

一种净化之感

我想起曾经的某些瞬间

那些曾经的梦想

它们在我心中闪烁

像晶莹的珠子般明亮

而现在的我

在搓背的瞬间

清洗掉了昨天的痕迹

肉体在搓揉中净化

灵魂在涤荡中升华

这一刻，所有的疲惫

都化作了虚无的烟雾

一尘集

按　　摩

按摩师的动作，流畅自如，
如春风拂面，以手为诗，
书写生活的轻盈。
如乐章在指尖舞动，
以经络为谱，以气血为韵，
在生命的旋律中流淌。

我走进按摩的奇妙世界，
一颗疲惫的心在寻找一丝慰藉。
按摩师的手，如丝绸般温柔，
从我的额头滑落，
轻轻拂过我的眼眸。
她的手指如箭，穿越我的肌肤，
探寻那最深层的脉络；
以无比的专注和深情，
按摩我生命的每一个角落。
在按摩的海洋中，我感受到了宁静，

那是一种内在的和谐，
如同月光洒在湖面，波纹在静静荡漾。
按摩的旋律，
让我感受到生活的美妙。

渐仁摩义，
是按摩的哲学。
按摩的每一刹那，都是在修行，
身心合一，呼吸之间，
我感受到生命的流动与和谐。
从头部到脚趾，从肌肤到心灵，
按摩师以最温柔的力量，
为我洗去疲惫，唤醒生命，
让我感受到存在的喜悦，
让我感受到生命的温暖和柔软。
在按摩的旋律中，我找到了自己。

一尘集

拔　　罐

它使出洪荒之力，
拔出千年的沉淀，拔出身体的尘埃。
它以密闭的苍穹，
吸纳出亘古的气息，
涤荡着大地和河山。

拔罐，是身体之需、健康之器。
淤泥沉积，颜色混淆，慵懒与疲弱难移。
拔罐，是理念的净化，
在身体的宇宙中，展开一场革命。
千年的沉积、历史的尘埃，一并被拔去。

拔罐，是身心的释放，
色彩在火焰中涅槃，焕发出新的生机。
压力的阴影消散，健康的乐章奏响，
如同大地洗净了污浊，重新焕发生机。

拔罐，是生命的舞蹈，
在阴阳的转化中，唤醒了生命的旋律。
身体的疲惫消散，精神的疲弱被驱逐，
生命的力量在涌动。

拔罐的瞬间，是生命的一场洗礼，
身体的沉淀与历史的尘埃被轻轻拂去。
它让身体重新呼吸，让生命重新绽放，
在洪荒之力中，再次展现生命的美丽。

拔罐，是生命的歌唱，
在身体的舞台上，奏响人生的乐章。
它让身体释放压力，让生命焕发活力，
在拔罐的瞬间，展现生命力的强大。

一尘集

泡　脚

双脚，如疲惫的旅人，
穿越了一天的沙漠，
期待沙漠中的绿洲，
急需舒适的港湾。
热水，如温暖的恋人，
给予你温柔的拥抱，
刺激着脚趾，
犹如清风拂过花瓣。

泡脚，是身心的滋养，
就像大地滋润着大树，
让你在寒冷的冬季里感受到温暖。
脚底穴位，是生命的秘密，
泡脚的瞬间，它们仿佛在歌唱，
诉说着健康的玄机。
冷水与热水，
一个是寒冷的束缚，

一个是温暖的解放，
泡脚，就是一场身心的盛宴。

泡脚养生，是生活的仪式，
在这场仪式中，疲惫被洗涤，
健康与活力得以滋养。
泡脚，是一幅画，是一首诗，
描绘着生活的温暖与美好，
表达着养生的玄机与奥秘。

一尘集

热　　敷

热敷，就像身体被太阳照耀，
温暖而舒适，如同母亲的怀抱。
这是一种治疗的力量，
能够驱散疼痛，抚平创伤。

热敷，是治愈的诗篇，
用热气腾腾的诗行，
温暖我疲惫的身体和心灵，
让我感受到生活的美好与光明。
用它的温度，给我力量和勇气，
让我重新面对生活的风风雨雨。

热敷疗法，是我的至爱，
让我感受到生命的美好与温暖。

午　　睡

午睡的时候
我的影子悄然溜走
灵魂游荡在梦境里
寻找着那未完的对话
是谁在梦境之外
呼唤着我的名字
让我不愿醒来

在这寂静的午后
阳光透过窗帘
洒在我的脸上
我沉浸在这温暖的梦境中
感受着午睡的恩赐
仿佛回到了童年
那个无忧无虑的年代

在这安静的午后
不再需要掩饰什么
我可以安心地面对自己
面对内心的恐惧和渴望
感觉内心开始变得柔软
像一只小猫一样
在阳光下慵懒地躺着
享受着这美好的时光

午睡是一首美丽的诗篇
让我在忙碌的生活中
找到片刻的宁静
在这温暖的阳光里
我悄然入睡
带着一丝微笑
去迎接醒来的时刻

站　　桩

在寂静中站立，
如松柏之巍峨。
木桩亦如是，
承载着岁月的沉淀。
如在山巅，
与风共舞，
与天地共鸣。
虽静默无声，
却以不屈之姿，
诠释着生命的坚韧。

站桩，
是人体的艺术，
是岁月的诗篇。
以木桩的静，
反衬出人的动。
以恒定的静，

一尘集

让人体验到生命的动。

站桩，养生之道，
在静中寻求一种力量。
在静中，感受到生命的涌动；
在静中，感受到时间的沉淀。

桩，如一位智者，
在无声中述说着生命的秘密。
桩，如一位诗人，
在寂静中书写着养生的诗篇。

桩，
象征着稳定和力量。
在它身上，
人们能感受到那份安定的力量。

站桩，是一种修行。
尽管静默无言，
却充满力量与智慧，
是我们与自然和谐共生的象征。

艾　叶

青翠的艾叶是那么张扬，
喷薄而出的是那刺鼻的香，
它们在山头招摇，在田野奔放，
从不关心自己枯萎时的模样。

岁月流逝，青春不再，
艾叶枯萎，生命仍在继续。
燃烧时释放出浓烈的能量，
驱逐疾患，又能温暖皮囊。
干枯的艾叶也能焕发生机，
泡出的浓汁能洗掉尘埃和伤痛。
艾叶的生命虽不再青春，
却在岁月中，
展现出一种不屈不挠的力量。

艾叶不因枯萎而沉沦，
而是以自身的坚韧和耐力证明，

生命的意义不仅在于那短暂的青春，
还在于那些不起眼的岁月。

跳　　绳

绳索舞动如蛇，
跃动的弧光在虚空中画出完美的曲线。
在每一次的起落间，
生命的力量与节奏交织。

你是那跃动的精灵，
在无尽的循环中寻找自由的轨迹。
无论高飞还是低旋，
始终保持着那份独特的优雅与坚韧。

你与大地对话，
每一次落地都是对大地的拥抱与亲吻；
你与空气共舞，
每一次跃起都是对天空的向往与挑战。

你是青春的象征，
在每一个旋转中释放着无尽的活力与激情；

你是时间的见证，

在每一个瞬间记录着生活的色彩与乐趣。

跳绳啊，你是无言的诗，

在每一次跃起中诉说着生命的故事；

你是激昂的歌，

在每一个节拍里传递着不屈的信念。

太 极 剑

在舒缓的晨曲中，你轻轻舞动，
似云端的仙子，低眉含笑，
在每个动作中，流淌着健康与力量。
你的剑尖，如秋水轻颤，
在静谧的早晨，划破晨雾；
你的剑身，是流动的旋律，
在柔和的动作中，诉说着生命的和谐。

你与太阳共舞在天地之间，
一曲剑舞，似凤凰展翅。
你与月亮，对映在银河之中，
一招一式，皆充满诗意。
你是风，轻盈而自由，
在岁月的长河中，留下青春的印记；
你是水，平静而柔韧，
在生活的舞台上，展现健康的力量。

一尘集

太极剑，你是生命的歌者，

在每个呼吸中，散发着健康的芬芳。

在每个节拍中，涌动着生命的激流。

在你的舞动中，我感受到生命的喜悦，

在你的剑影中，我领略到健康的魅力，

在一招一式中，洋溢着希望与力量。

八　段　锦

八段锦，如长河，
流淌着古老的清澈。
她的每个阶段，
都充满了生命的智慧和力量。

左右开弓似射雕，
如同春之樱，
柔软中蕴含着生机。
通过柔和的呼吸，
唤醒沉睡的身躯。

双手托天理三焦，
犹如夏之雨，
清凉且滋润，
汗水带着热气，
如雨后的小溪。

五劳七伤往后瞧，
如同秋之果，
沉甸甸地饱满，
身体的每一个细胞，
都在健康地呼吸。

神龙摆尾去心火，
如同冬之雪，
纯净且冷静，
静心之中，
烦恼随风而逝。

双手抵足固腰肾，
如同山之峻，
坚韧且不屈，
挑战自我，
勇往直前。

背后七颠百病消，
如水之流，
平滑而流畅，
心灵在此刻，
得到了宁静的滋养。

攒拳怒目增力气，
如风之疾，
迅速而猛烈，
全身的每个角落，
都被活力填满。

调理脾胃单举手，
如雷之震，
力量在积蓄，
身体的潜力，
如雷声在空气中回荡。

八段锦，
是养生的学问，
是生活的艺术。
她以她的方式，
讲述着古老的智慧，
流淌着生命的活力。

一尘集

爱上太极扇

太极扇，轻盈如风，曼妙如舞，
在手中翻飞，如诗如画。

我凝视着它，
如同凝视着生活，
每一次旋转，
都是一种选择。
扇面舒展，
如同心灵的放飞，
在每一个瞬间，
都藏着生命的智慧。
太极扇，
如同人生的舞台，
每一次挥舞，
都是一次情感的表达。

太极扇，

你为何如此神秘？

你的轻盈曼妙，

如同生活中的秘密。

你在风中舞动，

我在心中吟唱；

你用扇面绘画，

我在记忆中寻找。

太极扇，

你是我的伙伴，

在生活的舞台上，

我们共同演绎。

你的轻盈，

我的坚忍；

你的曼妙，

我的实在。

我们一起走过时光，

一起面对生活的挑战。

太极扇，

你是我的灵魂，

在你的轻盈和曼妙中，

我感受到了生活的韵律。

你如风舞动,

我如影随形。

在你的舒展和挥舞中,

我感受到了生活的力量。

刮痧的美妙

在寻求美丽的道路上，
刮痧疗法是一道独特的风景。
它如春雨般轻柔，
使身心健康，焕发自然光彩。
透过皮肤的纹理，
刮痧高手，寻找着生命的源泉。
如同大地吸收雨露，
身体在此刻，沐浴在和谐与安宁之中。
它是独特的旋律，
在生命的交响乐中，唤醒健康的音符。
在疼痛与舒适的交替中，
心灵体验着纯净的力量与和谐。
刮痧，它的美妙在于它的细致与深入。
它像一首散文诗，
在沉默中，述说着生命的力量与美好。
它是大自然的馈赠，
是人体的守护者，是美的灵魂。

一尘集

在每一次刮痧之后，

我们看到健康与美丽共舞，和谐如诗。

而刮痧的美妙，

就在这美丽与健康的呈现中，得以彰显。

沉默的艾条

我随手拿起一根艾条，
似乎能感受到它的温度。
那是一种温暖的热情，
如同冬日里的阳光。

干枯的艾叶藏着岁月的痕迹，
那是一种古老的韵味，
如同历史的沉淀般厚重，
让人感受到岁月的流转。

没有初生的嫩绿和鲜亮的色泽，
只是一根淡黄色的艾条。
它曾经是那样的饱满和光亮，
如同青春的热情般将要燃烧殆尽。
然而，它依然散发出一种独特的香气，
那是艾草的香气，是治愈的力量。

一根无人理解的艾条，

却是我心中一份深深的期许。

我把它放在你手中，

希望你能感受它的温度和它的力量。

在太极拳的旋律中起舞

在晨曦的微光中，
我悄然上场，
开始打我的太极拳。
舒缓、流畅、意蕴深长，
一招一式，
如风拂过水面，
轻柔、连续、气韵生动。
在这快与慢的交替中，
我寻找着内心的节奏，
与天地共鸣，
与万物共舞。

太极拳，
是情感的流淌，
是心灵的释放，
是健康的守护。
它伴我度过岁月的长河，

走过风雨，

历练坚强。

在这轻柔与刚劲的转换中，

我感受到身体与自然的和谐。

它舒缓我的压力，

调和我的情绪，

让我心境安宁，精神明亮。

太极拳，

是健康的源泉，

是长寿的秘诀，

是人生的诗篇。

我在每一个呼吸中，

感受着它的力量，

体验着它的美好。

在每一个动作中，

我找到了自我，

领悟生命的真谛。

太极拳，

是我情感的归宿，

是我健康的保障。

我以诗意的笔触，

描绘它的美丽，
歌颂它的力量。
在太极拳的节奏中，
我找到了内心的安宁，
品味着生命的甘醇。

一尘集

第二辑

破浪

养生之道

薄雾绕古树，
鸟儿唤醒沉睡的世界，
歌声飘满山谷，
我漫步在晨曦里。

汲取清泉，
洗涤心灵的尘埃。
呼吸，
吸入这大自然的馈赠，
生命如花般绽放。

舒展四肢，
平心静气。
养生之道，
源于自然与和谐。
我在山川间徜徉，
感受大地的力量。

心怀宽广，
疾病远离身体。

养生之道，
是爱与关怀的滋养。
彼此的心灵传递，
温暖着沧桑的岁月。

追寻天人合一的境界，
融入自然的怀抱。
养生之道，
成就生命的永恒。

一尘集

生命不仅要养

生命之树常绿，
岁月之歌悠扬。
经历风雨洗礼，
变得愈发坚强。
如同徐徐清风，
温柔而有力量；
如同滔滔江水，
奔腾不息流淌。

生命不仅要养，
还要经历风霜，
才能以雷霆万钧之力，
矗立不倒，勇往直前。

生命不仅要养，
更要滋养灵魂深处的渴望。
在喧嚣尘世中寻觅宁静，
于平凡日子里绽放光明。

明道经世

养生之道，如清流潺潺，
唤醒着生命之源，灵动而澄明。

世间万物皆有灵性，
草木、山川、星辰、大海，
皆在低语，传递着生命的秘密。
不明事理的人，听不见这低语，
困于物质的囚笼，远离内心的澄明。
而养生之人，懂得倾听，
他们倾听自然的歌声，感悟生命的韵律。

他们知道，生命的河流不能堵塞，
必须清流潺潺，才能滋养出美丽的花朵。
他们净化心灵，清洁身体，
让生命的血液畅通无阻。
他们以清明的智慧，去理解人间事理，
以宽广的胸怀，去拥抱这个世界的多样性。

养生之道，即明道经世，
理解生命的奥秘，感悟人生的真谛。

第二辑 破浪

五行养生

金，宛如世间的灯塔，
照亮黑暗，驱散寒夜。
水，就像心中的明镜，
映照万物，洗涤尘埃。
木，蓬勃的生命之源，
生长不息，绿意盎然。
火，热情如太阳炽热，
温暖身心，照亮前路。
土，即厚德载物的大地，
孕育万物，滋养生长。

五行相生，相克又相辅，
平衡和谐，养生之道。
人生如五行，互为因果；
养生如诗，宛如画卷。
五行养生，健康长寿；
身心合一，和谐共生。

春季养生

万物复苏，唤醒了我沉睡的神经，
春风如丝，渗透了我身体的每一个角落。
我感到生命的力量在涌动，
就像那绽放的花朵，清新而活泼。

青草摇曳，向我诉说着春天的故事，
那些还带着冬日残寒的土壤，
在阳光的拥抱下，慢慢融化。
瞧！那些刚冒出头的嫩芽，
它们是春天的信使，带来了生命的讯息。

春风吻过湖面，吹醒了沉睡的鱼儿，
它们在水中欢快地跳跃，尽情地嬉戏，
仿佛在诉说着：春天来了，一切都将变得富于生机。
我站在湖边，感受着这春天的气息，
它温暖而醇厚，让人沉醉其中。

春天是一位神奇的魔法师，
她用鲜艳的花朵、嫩绿的叶子，
装点着世界的每一个角落。
她赋予大地新的生命力，
让人们感受到生命的美好和希望。

在这个春天里，我不由得想起了你，
那个温暖如春日阳光的你。
你的笑容像春天的花朵，
在我心中绽放出甜蜜的芬芳。
我想起你的眼神，明亮而清澈，
像春天的湖水，深深地吸引着我。
让我们一起享受这美好的季节，
让生命在春天的怀抱中焕发新的光彩。

一尘集

夏日养生

生长的夏季，把太阳拉得老长，
连辛勤的蜜蜂都在蜂巢中观望。
一株株玉米举着金黄的旗，
向着蓝天挺拔地生长。
知了的歌唱是夏日的热情一曲，
荷花微笑着舞动裙摆，
微风拂过，带来清新的气息。
炎炎夏日，是生命的盛宴，
每一寸土地都在热情地呼唤。
这是夏日的恩赐，这是生命的乐章。

夏季的养生之道，
是一种生活的态度，
也是一种智慧的选择。
它让我们在炎热的夏季保持一份清凉与舒适，
也让我们在忙碌的生活中找到一份宁静与平和。

金秋养生

在金秋的空气中，
有些微妙得难以察觉的气息。
它们就像轻盈的舞者，
在落叶上飘舞，
在安静地漫游，
几乎连细碎的尘埃都激不起来，
然而，我能感觉得到它们的存在。

那些气息是金秋的赠礼，
它们轻轻拂过脸颊，
带着一丝丝凉意、一片片温情。
它们是阳光的碎片，是自然的旋律；
是秋风的低语，是落叶的诗歌。
它们让我知道，
生命需要悉心呵护，
需要用爱去灌溉，
需要用心去滋养。

一尘集

在金秋的怀抱中，

我们学会更宽容地接纳，

接纳阳光的温暖，接纳自然的馈赠。

在金秋的洗礼中，

我们感受到生命的律动，

感受到大自然的节奏。

我们学会欣赏每一片落叶，

珍惜每一缕阳光，感激每一份赠予。

在金秋的空气中，

所有的生命仍旧在微妙地舞动，

在细腻地呼吸，在奇妙地生长。

立冬养生

冬日的暖阳，

挂在明亮而光洁的树梢。

墙根没有树的影子，

立着的是我如木桩般的身躯。

身体里的河流，

曾翻滚着夏日的热烈，

而现在却安静下来，

准备与树一同冬眠。

这是一种象征，

一种生命的转折，

一种对养生之道的理解。

把生活的节奏减缓，

让身心得以沉静和安然。

我们在冬日的角落里休养生息，

等待着春天的到来。

一尘集

这是一种智慧，

也是一种勇气。

在冬天里，

我们需要更多的关注和呵护，

才能保持身体的健康。

万物收藏，静待春回，

立冬养生，重在坚持。

遵循古训，顺应四时，

健康长寿，乐享天年。

第二辑　破浪

四季调养

春寒料峭，我悄然苏醒，
在万物复苏的旋律里，感受生命的涌动。
我抚摸着绿意，那勃勃生机，
如一曲婉转的笛声，飘扬在春风里。

夏日炎炎，我躲在浓荫下，
与蝉共鸣，欢歌笑语中消解暑气。
一缕轻风，带走了滚滚热浪，
在蝉鸣声中，我描绘着夏日的诗篇。

秋月如镜，我沉醉在金黄的稻田中，
丰收的喜悦，如同母亲的笑容。
那满地的落叶，如诗如画，
在秋风中，我捡拾起岁月的痕迹。

冬雪皑皑，独享寂静的夜，
在寒冷的怀抱中，我找寻内心的温暖。

那漫天飞舞的雪花，如梦如幻，

在冬夜里，我倾听雪的低语，静待春的归来。

四季轮回，我与自然共舞，

以诗人的笔触，描绘生命的色彩。

春的萌动、夏的热情、秋的丰收、冬的静谧，

在四季调养中，我找到了生命的和谐与力量。

药膳食疗

药膳食疗，古老而神秘
犹如岁月，无声无息
用自然之力疗愈身心
它们是藏于草木间的秘密

草药，是人间的仙子
用魔法般的味道
滋养着身体的每一个部位
让心灵也得以安宁
它们汲取大地的精华
汇聚着自然的恩赐
守护着人类的健康

药膳食疗，是爱的象征
它融合了中医的精髓与饮食的文化
让我们在品味美食的同时
感受到生命的力量

让我们在疲惫的生活中
找到一片温馨的天地

药膳食疗，是情感的寄托
它用美食与爱相拥
帮助我们调养身体，预防疾病
药膳食疗，是心灵的归宿
让膳食疗成为我们生活的一部分
陪伴我们走过每一个春夏秋冬

精神调养

在喧嚣的都市，我寻找着内心的宁静，
闲暇之余，我钟爱精神调养的旅行。
如同夜空中的流星，划过黑暗的轨迹，
闪烁着宁静的光辉，照亮了内心的世界。

在长街的拐角，我遇见了智慧女神，
她悄悄告诉我精神调养的重要性。
如同园丁精心照料花圃一般，
我在灵魂的园地，播下安宁的种子。
我漫步在知识的旷野，收获哲理的果实，
我咀嚼着思考的蜜汁，感受生命在升华。

精神调养，如一首优美的诗篇，
在繁忙的生活中，赋予我内心静谧的力量。
它陪伴我走过风雨，见证我的成长，
在时间的河流中，留下智慧的烙印。
精神调养，是我的灵魂之友，

在喧嚣的都市里，是使我宁静的源泉。

如今，我站在岁月的转角，
回首过去，
我要感谢智慧之神的指引，感谢精神调养的陪伴，
在这城市的万家灯火中，我找到了自己。
精神调养，是一场内心的修行，
让我们珍惜这份来自内心的馈赠，
用心去感受，用爱去传递。

第二辑　破浪

饮食调养

夜幕降临，城市的喧嚣逐渐平息，
我独自一人，在寂静中品味着孤独。
手捧一杯热茶，香气飘散，
仿佛这一刻，只有我和它。

茶，是生命的赠礼，是自然的诗篇，
蕴含着大自然的智慧和力量，
滋养着我的身体，疏解着我的心灵，
让我感受到生活的美好。

饭桌上，一盘盘美食犹如艺术品，
色彩斑斓，赏心悦目，每一口都是享受。
味蕾在细腻的口感中舞动，
仿佛在诉说着一段又一段的美食故事。
饮食调养，是一种生活态度，
让我懂得去品味生活的美好和韵味。

无论是甘醇的酒水，还是淡香的茶水，

抑或是浓郁的咖啡，都在诉说着生活的诗篇。

在这个繁忙的世界里，让我们放慢脚步，

感受饮食带给我们的滋养和温暖，

让每一口食物都成为心灵的滋养，

让每一次品尝都成为生命的盛宴。

第二辑 破浪

天人合一

山川河流，孕育万物，
生命之歌，和谐共鸣。
万物生灵，义理相应，
自然和谐，养生之道。
晨曦微露，万物苏醒，
呼吸之间，天地灵气。
身心舒畅，如鱼得水，
天人合一，养生之秘。

饮食调理，身体和谐，
呼吸匀称，心灵宁静。
自然之理，身体之需，
养生之道，自然而来。
天地为炉，炼形养神，
自然和谐，身体康健。
心无旁骛，意念集中，
天人合一，养生之法。

养心养身，内外兼修，
动静结合，阴阳平衡。
养生之道，犹如明镜，
照亮生命，指引前行。
自然和谐，身体完美，
天人合一，养生之境。

舍　得

播下舍得的种子，
收获的是健康的果实。
舍得，是一种智慧，
是一种心灵的洗涤，
是一种精神的飞翔。

舍得，
是春天的细雨，
是夏天的阳光，
是秋天的金黄，
是冬天的宁静。

舍得，
是人生的选择，
是生命的洗礼，
是灵魂的自由，
是心灵的归宿。

一尘集

舍得，

是一种优雅的态度，

是一种高贵的品质，

是一种智慧的选择。

舍得，

是一种精神的力量，

是一种生命的源泉，

是一种永不凋零的美丽。

疏肝理胃

情绪的波涛，你疏我理，
健康的舞台，共同演绎。

肝，是生命的源泉，
流淌着清新的力量。
它的存在，让生命之树常青，
它默默无闻，却至关重要。

胃，是生命的熔炉，
燃烧着消化的火焰。
当食物的波涛涌来，
它不言不语，却承载着生命的重任。

它们是我的朋友、我们的伙伴，
在生命的旅途中，与我们共同前行，
无论何时何地，何情何景，
它们都是我们生命的支撑。

一尘集

健康的生活，需要它们的陪伴，
它们是生命的守护者。
疏肝理胃，让生命之花更好地绽放，
让我们珍惜这份来自身体的礼物。

第二辑　破浪

舒筋活络

人的筋脉，
像一条条蜿蜒的河流，
流淌着生命的源泉。
人的经络，
像一张张生命的网络，
连接着生命的每一个角落。

舒展你的筋脉，
活动你的经络，
让健康的光辉，
照亮生命的每一个角落。

一尘集

情绪管理

在人生的舞台上，
情绪扮演着主角，
它们像风一样吹过，
时而轻柔，时而狂暴。

情绪的海洋，深不可测，
有时平静如镜，
有时波涛汹涌。
让我们做情绪的管理者，
来引导这股力量，
让情绪回归平静，
让心灵重获安宁。

管理情绪，
就像园丁照顾花木，
需要耐心和智慧。
我们要学会倾听内心的声音，

了解自己的需求和渴望。

管理情绪，就像舵手驾驶船只，
需要冷静、果断和坚忍。
我们要在风暴中稳住自己，
把握好前进的方向和速度。

管理好情绪，让我们更加健康长寿，
就像饮食和运动一样重要。
让我们保持内心的平衡与和谐，
让生命之花在阳光下绽放美好。

一尘集

湿　气

湿气在身体内弥漫，
如清晨的山峦布满雾霭，
失去了清新的活力，
把山峦的俊朗和伟岸隐去。

湿气如同一个隐身的恶魔，
悄无声息地侵蚀着我们的身体，
让身体变得慵懒，
让肌肉变得无力。
呼吸变得急促，
胸口憋闷如同压着一块石头。
眼睛开始模糊不清，
头脑昏沉如同蒙上了一层雾霭。
湿气在体内弥漫，
如同黑暗笼罩住心灵的光芒。

但是我们不能放弃，
我们要学会抵抗，
我们要保持良好的生活习惯，
多吃些排湿的食物。
我们要加强锻炼，
让身体出汗，排出湿气。
我们要保持心情愉悦，
让心灵得到放松和安慰。
湿气虽然可怕，
但我们有办法战胜它。

一尘集

情志养生

内心的情志，
藏在灵魂的最深处，
就像大海里的珍珠，
被潮汐唤醒。
用温柔的方式，
把爱和希望，
洒向无边无际的明天。

你是我的海，
深邃且宽广。
像贝类一样，
把伤痕累累的我，
揽入你温暖的怀抱。
在寂寞的夜晚，
你是那颗闪烁的星星，
让我在黑暗中，
找到前行的勇气。

在热闹的白天，

你是那柔和的清风，

吹走我身上的疲惫，

让我在浮躁中，

找到一片宁静的天空。

你是我的诗，

是我的歌，

是我生命中的一切。

在岁月的长河中，

让我们用爱和希望，

抒写我们的情志养生之歌。

一尘集

药膳养生

在人间烟火中,
药膳以独特的口感,
诉说着古老的健康之谜。

药膳,是大地母亲的馈赠,
是自然与人类和谐的结晶。
它以草木的灵韵,
诠释着生命的丰富与多样。
在慢火的煎熬中,
用微妙的香气,
唤醒沉睡的味蕾。

它化身风中的旋律,
舞动舌尖的芭蕾;
它化身水中的旋律,
荡漾着味蕾的欢歌。

药膳，是生活的诗人，
以滋味的笔触，
书写着健康的诗行。
在平淡的日子里，
让我们时以药膳为伴，
品味生活的甘醇，
感受生命的润泽。

好好睡觉

夜色温柔，星辰远眺，
淡云轻抚着月牙的眉梢，
每一缕安静的风，都在轻唱着古老的歌谣。

好好睡觉，世界在梦境中微笑。
深海无垠，鱼儿悠游，
繁星映照着未知的梦境，
每一片寂静的叶，都在向月光低语着秘密的诗篇。

好好睡觉，灵魂在安眠中轻盈。
好好睡觉，让繁杂的忧虑沉淀，
让疲惫的身心得到修复。
在这深深的宁静中，你会发现，
每个灵魂都值得被温柔以待。

好好睡觉，就像夏日清风，
吹走了所有的困扰和疲惫。

在安静的夜晚中，我们与自己和解，
在梦境的怀抱里，我们找到安慰。

好好睡觉，就像冬日里的暖阳，
照亮了黑暗的角落，温暖了寒冷的夜晚。
在这安静的时刻，我们与世界和谐共生，
在梦境的舞台上，自由飞翔。

好好睡觉，让每一天都充满希望。
在每个清晨醒来时，感谢夜晚的安眠；
在每个夕阳落下时，期待明日的阳光。
在每个梦境的尽头，期待新的开始。

好好睡觉，是一种生活态度，
也是一种照顾自我的方式。
在这辽阔的世界中，我们需要深情的爱，
在每个安静的夜晚，我们需要恬静的睡。
好好睡觉，愿你心中的阳光永不熄灭，
愿你灵魂的翅膀永远自由飞翔。

一尘集

劳逸适度

劳与逸，如一对孪生兄弟，
时而拥抱，时而疏离。
在生活的舞台上，
他们共同演绎着生命的旋律。

劳，如同火焰，炽热而耀眼，
在工作的熔炉中，燃烧自己的热情。
它是力量的源泉，是进步的阶梯，
但过度的劳碌，会消耗生命的火花。

逸，如同湖水，平静而深邃，
在安静的时刻里，滋养疲惫的身心。
它是心灵的绿洲，是平静的港湾，
但过度的安逸，会滋生懒散的弊病。

劳逸适度，如同琴弦上的音符，
恰到好处，才能奏出美妙的旋律。

工作与休息，如同阴阳相生，
劳逸结合，方能彰显生命的活力。

劳逸适度，是养生的秘诀，
是健康长寿的基石。
我们在其中寻找一种平衡，
让生命之舟，在波涛汹涌中稳步前行。
劳逸适度，是一种智慧，是一种艺术。
在生活的舞台上，我们悉心演绎。

一尘集

安卧有方

夜色如幕，悄然拉开，
月亮微笑，星星闪烁。
在这寂静的舞台，
睡眠，是主角；而我，是观众。

床铺如舟，载我漂浮；
枕头是帆，被褥是波涛。
在这无垠的海洋，
我寻找那安静的港湾。

睡眠如诗人，用密码在书写，
只有静心解读，才能领悟其意。
每一晚，我都在学习如何成为睡眠的朋友。
规律是钟声，敲响每日的序曲；
安静是旋律，抚慰疲惫的心弦。
我倾听夜的寂静，
在安静的夜里，找到自己。

安卧有方，是一种生活艺术，
需要我们耐心体验。
在这悠长的岁月里，
我将用良好的睡眠，书写健康的诗篇。

一尘集

起居有常

每日清晨，太阳从东方升起，
像一位慈爱的母亲，温柔地唤醒沉睡的大地。
我打开窗户，呼吸着新鲜的空气，
迎接新的一天，生活充满了活力。

有规律的起居，是我的座右铭，
它像一位智慧的导师，引领我走向健康和安宁。
每天按时起床，工作有节制，
让我的身体得到了最好的照顾，心灵也得到净化。

有规律的起居，像一首优美的乐章，
它让我感受到生活的节奏和韵律。
在它的指引下，我找到了生活的重心，
明白了什么是重要的，什么是有价值的。

有规律的起居，像一盏明灯，
照亮了我前进的道路，让我看到了未来的希望。

它让我相信，只要坚持下去，
健康、幸福和长寿一定是对我的回报。

每日黄昏，太阳从西方落下，
像一位耐心的朋友，告诉我该休息了。
我放下工作，享受着夜晚的宁静，
等待明天的到来，生活充满了期待。

起居有常，是我的生活方式，
它让我感受到了生活的美好和幸福。
我相信，只要我坚持下去，
我的生活将会更加健康、充实和有意义。

一尘集

熏灸疗法

一团云烟，散发着亘古的能量，
在芸芸众生的肌体上，激荡着生命的热浪。
在光阴的长河中，熏灸文化流传千古，
它是健康的主张，是养生的精髓。

闻香识药，千年古法的奥妙，
在艾叶的熏燎中，感受祛湿寒的疗效。
温暖的热气，带走寒冷的困扰，
温热的能量，祛除湿气的侵扰。

熏灸的温暖，是养生人士的挚爱，
在繁忙的生活中，为健康保驾护航。
紧张的工作、疲惫的身心，
熏灸的温暖，让人重拾青春的活力。

它以一种纯粹的形式，
诠释着健康的美好。

带着古老的智慧，
播撒着健康与快乐的种子。

让我们一起感受熏灸的魅力，
让我们一起享受健康的生活，
让我们一起追寻快乐的脚步，
在熏灸中找到生命的答案。

一尘集

节气养生

春寒料峭，乍暖还寒，
草木萌发，春意盎然。
养生之道，如水长流，
顺应自然，健康无忧。
雨水滋润，养生秘诀，
调节体温，保持活力。
春分阴阳，平衡身体，
锻炼筋骨，增强免疫。
清明时节，气清景明，
精神焕发，养生黄金。
谷雨养生，滋润肌肤，
排毒养颜，健康长寿。
夏日炎炎，酷暑难耐，
调节体温，养生关键。
小满养生，饮食调理，
清热解毒，润肺养颜。

芒种时节，万物生长，
运动锻炼，增强体魄。
夏至养生，保持平衡，
调节气血，健康无忧。
秋风扫叶，金黄满地，
养阴润燥，养生适宜。
白露养生，晨跑锻炼，
强身健体，心情愉悦。
秋分阴阳，调节气血，
饮食调理，滋润肌肤。
寒露养生，早睡早起，
精神焕发，健康长寿。
霜降时节，锻炼身体，
增强免疫，预防感冒。
立冬养生，滋润补品，
排毒养颜，延缓衰老。

阴阳平衡百病消

阴阳之气，
在天地间默默流淌。
它们轻拂过万物，
赋予生命无尽希望。

晨曦中风儿轻轻起舞，
带着清新和朝气蓬勃，
给每一个微小生命，
播下阴阳交替的种子。

夏日炎炎，骄阳似火，
阴则默默，潜藏于影。
阴消阳长，互补互济，
构成生命的和谐景象。

秋天落叶纷纷飞，
天地阴阳显静美。

阴阳调和百病消，
一切都在不言中。

冬日寒冷雪花飘，
阴阳平衡百病消。
阴阳调和治百病，
生命的旋律永和谐。

调阴阳，治百病，
让我们在阴阳的调和中，
共同领略生命的美丽。
在阴阳的平衡中，
寻找那令人心动的生命力量。

一尘集

调养脾胃是根本

在生命之海的深处，
有一片神秘的领地，
那是我们的脾胃，
如同生命的源泉。
如同大地母亲，
把爱和营养深埋在土壤里，
它们默默地在暗中滋养我们。

脾胃健康，
是生命的保障，
它们在寂静中完成每一份工作，
无声无息，却又无比坚定。
它们把食物转化为能量；
把希望和力量，
输入我们的每一个细胞。

无论我们在何处，

无论我们做什么，

脾胃总在那里，

默默地守护着我们。

然而，

在这个快节奏的世界，

我们常常会忘记它们的存在。

我们追求浮华和名利，

却忘记了身体的呼唤和需要。

调养脾胃是根本，

那是生命的基石，

是我们的责任，

也是我们对自身的关爱。

让我们用温暖和爱心，

来滋养这片生命的土地。

秋后推背

秋后的阳光洒满大地，
我们与自然共舞。
背是承载生命的支柱，
如树般挺拔，与大地对话，
根深叶茂，汲取时光的精华。

背是灵魂的翅膀，是力量的源泉。
晨曦中，你舞动身姿，如鹰击长空；
暮色里，你曲身下蹲，如熊入林中。
动静之间，你与万物相融。

你是那无畏的探险家，
在生命的征途中不断寻觅；
你是那执着的追求者，
在岁月的沙漏里勇往直前。
你是那秋后的推背人，
以大地为舞台，以生命为诗篇。

秋后的推背人，
你的身姿如诗如画，
你是生命的诗人，是时光的舞者。
在秋后的阳光里，你与自然共舞，
你与自然对话，赋予生命以内涵。

洗　头

每天早晨，我习惯在水流中清醒，
仿佛在洗涤我的灵魂。
那泡沫是如此轻盈，
洗涤着我的疲惫，唤醒了我的精神。
每当我触摸到那湿润的发丝，
我感到生命的脉动、免疫的力量。

头发像一道道防线，
抵抗着尘埃，抵挡着细菌的侵袭。
它们在阳光下闪烁，如同星辰的华光；
它们在风中飘扬，如同诗人的笔触。

勤洗头，
是对生命的尊重，
是对健康的追求，是对免疫力的呵护。
每一次洗发，都是一次自我力量的刷新，
一次对生活的热爱，一次对健康的保障。

养生是一种生活习惯

在这繁华的世界里，
有规律地作息，
仿佛是生活的指挥棒，
引导我们步入健康。

早晨的微光，
像一位温柔的护士，
轻轻唤醒沉睡的大地。
寂静的夜晚，
像一位智慧的老者，
用深邃的眼神诠释着古老的故事。
日复一日，
规律作息，
我们的身体在时间的旋律中，
找到了舒适的节奏。

心情愉悦，

是养生的一面镜子，

反射出内心的阳光。

在每一个微笑中，

我们看到了生活的色彩；

在每一声欢笑中，

我们感受到了生活的温度。

在生活的旋律中，

我们找寻着养生的方式。

饮食有节，

是养生的基石。

食物的味道，

不仅仅是咸甜酸辣，

更是生活的味道。

每一次咀嚼，

都是对生命的敬意；

每一份食物，

都带着大地的恩赐；

每一口吞咽，

都饱含着生命的热情。

养生是一种生活习惯，

既不张扬也不隐匿，

在平凡中寻找非凡，
在简单中诠释复杂。
养生是一种生活习惯，
让我们在生活的舞台上，
找到更好的自己。

一尘集

免　疫　力

在生命的舞台上，有一位隐形的守护者
它不是英雄，也不是贤者，
却是生命的基石
它，就是免疫力

如春天的雨水，清新且滋润
在疾病的沙漠中
免疫力为我们筑起一道道防线
抵挡住外来的病菌，守护着我们的健康

免疫力是无名的英雄
在每一次挑战中，它都能化险为夷
它无时无刻不在工作，默默无闻
让我们免受疾病的困扰，享受生命的喜悦

免疫力是生命的建筑师
它构建了我们身体的和谐

在它的庇护下，我们的身体得以强壮
在它的守卫下，我们的生命得以健康

免疫力是生命的守护者
如夜空中的繁星，点亮我们的健康之路
在它的陪伴下，我们将无惧风雨
在它的庇佑下，我们迎来生命的曙光
让我们在生命的舞台上，绽放出最美的光彩

一尘集

经络，让生命之树常青

经络，如一棵生命之树，
支撑着人体的苍穹。
经络在人体内延伸，
从脚底到头顶，
贯穿着生命的源泉。
任督二脉是树干，
统领着全身的经络，
顶天立地，稳固如山。
奇经八脉十二经络是树枝，
它们纵横交错，贯穿全身，
使身体的各个部位得以连接。

神光霞散，流映菁清，
经络之光，照耀着生命之路。
华景郁勃，冲豁灵根，
展现出生命的无限可能。

经络，生命之网，

它们交织着，如同繁星点点，

将身体的各个部位紧密相连，

使生命的能量得以流动。

经络，是生命的通道，

将生命的动力输送至全身，

使生命之树常青不衰。

经络的使命，

是让生命的动力在体内畅行，

是让人体保持健康和活力，

让生命之树常青永存。

一尘集

第三辑

探 索

湖　水

午后的阳光穿透云层，
照耀着那片宁静的湖面，
倒影中，涟漪微动，似在低语。
一尾游鱼在湖中跃出，
打破了水面的宁静，
留下微波荡漾。
那尾游鱼渐渐远去，
一朵睡莲静静地开放，
它在等待一个懂得欣赏的人。

湖水静静地流淌，
它纵容了游鱼的欢跃，
滋养了睡莲的美丽，
你是否也能感受到它的温度与深情？
当你站在湖边，凝望那一片宁静，
你是否能读懂湖水的语言，
是否能在那波光粼粼中找到自己的影子？

健　身

让我们的骨骼经受千百次锤炼
让健身的信念化为石头
在岁月的奔涌中证明它的价值

最强烈的抗争
最勇敢的诚实
莫过于——
健身，并且坚持

不是为了展示肌肉的刚硬
而是为了内心的力量与柔韧
不是为了瞬间的荣耀
而是为了生活的健康与持久
在健身的道路上
我们不断挑战自我
不断突破极限
让每一天都充满活力与希望

让我们
用汗水书写生命的篇章
用坚持诠释存在的意义
健身不是为了秀肌肉
而是对自己最好的投资
是对生命的敬畏与尊重
是对未来的期待与憧憬

第三辑 探索

117

唱　歌

在岁月的长河里，
我轻声吟唱。
我用歌声，
诉说着世界的美丽，
诉说着人生的短暂。
我歌唱春天的生机，
歌唱秋天的丰收，
歌唱岁月的变迁，
歌唱生命的轮回。

我的歌声，
如清泉流淌，
如春风拂面。
我的歌声，
让鲜花更加娇艳，
让绿叶更加翠绿，
让小鸟更加欢快，

一尘集

让流水更加清澈。

它们都在我的歌声里，

找到了自己的生命之韵。

我唱出了希望，

唱出了梦想，

唱出了生命的尊严，

唱出了爱的力量。

我的歌声，

如阳光般温暖，

如月光般柔美。

在这歌声中，

我找到了长寿的秘诀。

长寿不在金石之上，

而在心灵之中。

我的歌声，

让生命更加充实，

更加丰富多彩。

我愿用这歌声，

唤醒沉睡的世界，

唤醒沉睡的生命。

我愿用这歌声，

告诉世界，

告诉生命，

我们都是宇宙的孩子，

我们都是生命的精灵。

一尘集

晒　太　阳

穿越漫长的黑夜，
我渴望拥抱那一米阳光。
它是健康的象征，
是温暖的使者，
它的光辉照亮我心中的每一个角落。

在这寂静的午后，
我躺在草地上，
感受着它的温暖。
像母亲的怀抱，
像父亲的鼓励，
更像那无尽的爱，
温暖而又深沉。

它的光芒洒在我身上，
我像被黑土包裹的种子在茁壮成长。
它给了我勇气和力量，

让我感受到生命的美好，
让我看到未来和希望。

太阳是大自然的母亲，
是生命的源泉。
它的温暖和光芒，
是宇宙给人间最美的馈赠。
我们要晒太阳，
享受那份温暖和光明；
我们要晒太阳，
感受那份健康和力量；
我们还要把这爱，
传递给每一个需要的人。

一尘集

别忘了喝水

小小的细胞，
是生命的航船。
我们再忙也别忘了喝水，
干燥的航程，
会让细胞失去活力。

细胞是生命的根本，
是健康的基石。
水的滋润，
是身体最美好的礼物。
别在繁忙的生活中，
忘记了它们的需要，
那份微妙的需求，
是生存的关键。

朋友，别忘了喝水，
在每一个清晨，

在每一个黄昏，
在每一个疲惫的时刻，
请让清新的水分，
滋养我们的身体；
让生命的船只，
始终保持前行。

细胞是生命的守护者，
它们的活力，
是生命的灯塔。
别让疲惫的日常，
忘却了它们的需求，
那份微妙的渴望，
是生存的秘密。

朋友，别忘了喝水，
在每一份关爱中，
在每一声欢笑中，
在每一份痛苦中，
都让清新的水分
流进我们的身体，
让生命的航船，
始终保持前行。

一尘集

用心走路

一步一步，脚踏实地，
徒步走过春夏秋冬。
不求繁华三千，
只求内心平静无暇。
四季轮回，
看似无尽的道路上，
内心却不曾有过动摇。

走过的路，留下的痕迹，
如同生命的记忆。
尽管世事如梦，
我们依然用心走路。
生命的意义无须寻找，
就在每一步的呼吸之间。

听从内心的声音，
才能真正理解生命的内涵。

脚步不停，生命不止，
内心若坚定，道路则宽广。
无论世界如何变幻，
让我们记得用心走路。

一尘集

晨起喝杯白开水

在朦胧的晨光里，
那杯白开水，
清亮如故。
如同初升的太阳，
温暖而充满希望；
它是大地的甘露，
是生命的源泉，
是健康的保障。

晨起喝杯白开水，
它不言不语，
却洗涤着我们的肺腑；
它毫不张扬，
却彰显着自我的价值。
它陪我们开始新的一天，
陪我们忙于繁杂的工作。
它是清醒的良药，

是温柔的护士，

是勇敢的战士。

晨起喝下一杯白开水，

这是生活的情歌，

是健康的哲学，

是养生的智慧。

一尘集

登山是一场脚力的修行

在朝霞的拥抱中，我开始了登山之旅。
脚下是曲折的小径，眼前是怡人的风景，
我犹如一位勇者，向那未知的山顶进发。
小径上，有我沉重的脚步，
那是身体的疲惫，也是心灵的沉淀。

每一次的攀登，都是一场与自我的较量，
我在其中寻找着能使心灵宁静的秘密。
山间的清风，如智者的教导，
在耳边轻轻诉说着自然与人生的秘密。
我聆听着，感受着大自然的教诲，
心中那份对山川的敬畏，油然而生。

登山是一场脚力的修行。
我在行走中感悟人生，我在攀登中理解世界。
脚下的路，或许曲折，或许坎坷，
但只有一步一个脚印，才能抵达那未知的山顶。

朝霞渐渐淡去，夜幕悄然降临，
我在星光下找到了力量，我在月光中找到了宁静。
登山的路途虽远，我却从未感到孤独，
因为我知道，我的每一步都在走向更高更远的地方。

我在山间寻觅着自我，我在攀登中找寻着答案。
我不求成为山顶的勇者，我只求成为笃定的行者，
因为我知道，登山是一场脚力的修行。

一尘集

绿色饮食

绿色的田野，荡漾着生机，
带来大地的问候，滋养着我们的灵魂。

原始饮食，如同绿洲上的甘泉，
涌动着生命的活力，滋润生命的心田。

那是一种深深的自我关怀，
是对生命的敬畏，是对自然的尊崇。
让我们手握原始的食粮，
品味大自然的醇美，感受生命的律动。

在绿色饮食的道路上，
让我们寻找失落的乡愁，拾起遗忘的古老智慧，
回归那纯净的初心，守望生命的源泉。

健康的通行证

我手持健康的通行证，

砸向疾患的墓群，

石碑的底下，

没有呼应的灵魂。

养生时代来临了，

为什么病痛依然困扰着人类？

健康之路开拓了，

为什么肥胖与疾病仍然肆虐？

我来到这个世界上，

只带着欢笑、运动和均衡，

为了在变老之前，

宣读那些被忽视了的声音：

告诉你吧，世界，

我——坚——信！

纵使你身边有无数个诱惑，

那就把我算作第一个拒绝者。

一尘集

我相信步行是最好的运动，

我相信睡眠是恢复生机的，

我相信健康是自己的责任。

既然身体注定要运转，

就让所有的能量都注入我体中；

既然心灵注定要成长，

就让我们学会审视自己的内心。

灿烂的阳光，

正照耀在没有阻碍的前方，

那是无数个微笑的祝福，

那是未来我们健康的保障。

精气血津是精华

精气血津是精华，
它们是生命的精髓，
有着神秘的力量。
它们能驱散黑暗的迷雾，
让我们在阳光下欢笑。
它们是爱的象征，
是自然恩赐人类的礼物，
让我们在生命的旅程中，
感受到无尽的温暖。
精气血津是精华，
让我们珍惜它们如同生命，
让我们用爱和感恩的心，
去感受它们的力量。

沉默的疾病

病毒悄然无声，难以捉摸。
它们就像一个个狡猾的幽灵
在人群中徘徊，
寻找着最薄弱的目标，
伺机而动。

人们欢笑着，喧闹着，
病毒悄悄地侵蚀着他们的身体，
病毒最可怕的地方在于无形，
让人在不知不觉中沦陷。

沉默的疾病最可怕，
因为它没有声音，没有形状，
只有无尽的痛苦和恐惧。
然而，我们不能屈服于它，
不能让它在我们心中肆虐，
我们要用坚忍不拔的意志和勇气，

去抵抗它的侵袭。

让我们揭开它沉默的面纱，
让阳光照亮黑暗的角落，
让温暖的风儿吹走病毒的阴霾，
让希望的花儿在心中绽放。

一尘集

告别亚健康

在这生活的熔炉里，
我像一颗蒙尘的种子，
渴望阳光和雨露。
亚健康，这无尽的困扰，
如同一场漫长的寒冬，
扼杀着我的生命力。

晨曦微露，
我振奋精神，
抖落一夜的疲惫。
而亚健康，
就像一个阴郁的影子，
在我试图奔向光明的路上，
不断与我纠缠。

午后的阳光如海般宽广，
我渴望安然入睡，

在温暖的怀抱中恢复力量。
而亚健康，
却像一阵无形的风，
在我沉醉于温暖的梦境时，
冷酷地唤醒我。

我选择节食，
摒弃那些无用的负担。
如同一首诗，
删去冗长的废话，
只留下简洁的诗句，
纯净而有力。

告别亚健康，
我重获生命的自由。
心如止水，
我将守住内心的明净；
平衡的节奏，
让我找到了生活的旋律。

告别亚健康，
我将迈向崭新的旅程。

一尘集

防慢病，治未病

在时间的沙漏里，
我们逐浪而行。
防慢病，治未病，
是一场无声的战役，
对抗的是岁月，
武器是理智与坚定。

我们是身体的船长，
驾驶着生命的航船，
在健康的海洋中前行，
小心翼翼地避开暗礁。
健康，是那明亮的灯塔，
在未知的海洋中照亮我们前行的路，
让我们远离慢病的漩涡。

防慢病，治未病，
需要我们敏锐的观察和决断，

如同在夜空中寻找安全的航线，
需要智慧和勇气。
我们用规律的作息、均衡的饮食，
为生活开出健康的处方。
我们如运动员，坚持锻炼，
增强生命的活力，
让健康之树常青。

防慢病，治未病，
是一场与自我的较量，
比的是自律和坚持，
赢的是生活的质量。
在这场无声的战役中，
我们既是船长也是船员，
用行动书写着胜利的篇章。

一尘集

战胜慢病

慢病，悄无声息地来，
如同阴霾的天气，难以预料。
它以缓慢的步伐移动，又快速落地，
让我防不胜防，措手不及。
它是生活中的沉渣，
随着时间的流逝慢慢沉淀，
却在某一天汹涌泛起。
它就像那无形的杀手，
在寂静之中蔓延滋长，
让人在不知不觉中，
被它的阴影笼罩。

然而，我决不向它妥协，
尽管它阴险狡猾，难以捉摸。
我将用坚强的意志，
与它展开一场无声的较量。
我会用我的热情、我的执着，

像勇士一样，与它抗争到底。
尽管它让我摔倒，让我痛苦，
但我将始终不放弃，不退缩。

慢病走得快，但我驱逐得更快，
它的阴影再黑暗，也无法吞噬我心中的光。
我会用我的力量、我的信念，
打破它的诡计，冲破它的束缚。

慢病走得快，但我驱逐得更快，
我要打败它，战胜它的阴霾。
我相信，只要心中有爱，有梦，
就能战胜一切困难，
迈向光明的未来。

一尘集

养生就是养健康

在繁忙的生活节奏中，
我寻找一种宁静的旋律，
那是养生的节奏，
是健康与和谐的交响。

每天早晨，阳光像舞者一样，
轻盈地跃过窗户，
将她的温暖和活力，
注入我的每一个细胞。
她就像一位爱怜的母亲，
用她的慈爱将我包围，
让我感受到生命的活力，
让我明白养生就是养健康。

每一餐都是我与大自然的约会，
新鲜的空气、清澈的水，
是大自然的馈赠，

也是生命的源泉。
我细细品味着五谷杂粮，
感受着它们在舌尖上的舞蹈，
它们是我健康的保障，
是我生命的伙伴。

每一次深呼吸，我都感受到生命的律动，
那是自然的歌声，是和谐的乐章。
养生不仅靠饮食和运动，
更是心态的平衡和精神的充实。
养生就像一位智慧的导师，
引领我去探索生命的奥秘，
让我体验到健康的快乐，
让我明白生命的真谛。

一尘集

养生之道

在尘世的喧嚣中，
我寻找一份宁静。

清晨的阳光，
像一位温柔的母亲，
用她的怀抱温暖我，
让我感受到生命的力量。

我向山林深处走去，
倾听大自然的声音。
我找到了岁月的秘密，
领悟到了生命的真谛。

我用心去感受
每一片叶子、每一朵花。
它们都在诉说着生命的奥秘，
让我更加珍惜每一个瞬间。

那里没有喧嚣和纷扰，
只有宁静和祥和。
在那里，我可以放下一切烦恼，
享受生命的美好，
感受岁月的沉淀，
领悟人生的真谛。

养生不是为了追求永生，
而是为了拥有更美好的生活。
在大自然的怀抱里，
我找到了心灵的归宿。

一尘集

最好的医生是自己

心中的阳光，
是自我疗愈的秘方。
疾病是生命的暗夜，
医生只是夜晚的守望者。
在病痛的旋涡中，
要寻找自我救赎的力量。
调整作息，规律饮食，
这些就是最好的药方。
疾病的痛楚，
如同寒冬的肃杀，
但心中的信念，
是炽热的暖阳。
自我照亮，自我疗愈，
迎接新生活的曙光。
最好的医生是自己，
让我们用爱和勇气，
治愈心灵的伤痛，
书写生命灿烂的篇章。

欢乐就是健康

在生命的舞台上，
欢乐如同一个舞者，
轻盈地跳跃，
优雅地旋转。
她是我们心中的阳光，
是我们在漫长岁月中寻找的宝藏。

欢乐是春天的花朵，
盛开在我们的心田。
她的芬芳，
像一首优美的歌曲，
唱出生命的喜悦。
她的色彩，
像一幅生动的画卷，
展现出生活的美好。

欢乐是夏日的阳光，
温暖而炽热，

照亮我们前行的道路。
在她的照耀下，
我们的心灵充满了力量。

欢乐是秋天的果实，
丰富而甜美。
在她的滋养下，
我们的生活变得更加充实。

欢乐是冬天的火炬，
照亮我们的心灵。
在她的照耀下，
我们的生活变得充满希望。

欢乐就是健康，
让我们珍惜这份欢乐，
像珍爱生命一样。
让我们的生活充满欢乐，
让我们的心灵充满阳光。

饮酒有度

这杯中旋转的液体,
是生命的旋律。
它时而平静,
时而激烈,
就像人生的起伏。

这液体
是时间的印记,
是情感的流露。
它有时让我们沉醉,
有时让我们清醒。
它像是一位朋友,陪伴我们度过时光。
但过量饮酒,
却可能成为生命的负担,
让我们在迷离中失去方向,
让我们在醺醺中沉沦。

适量饮酒，是一种享受；
过量饮酒，是一种负担。
我们需要把握好这个度，
让生命之花在平衡中绽放。
让我们在享受生活的同时，
也要关注身体的健康。
让我们在品味美酒的同时，
也要头脑保持清醒。

饮食有节

在餐桌旁，我静静坐下，
用每一餐的仪式，描绘生命的画卷。
晨曦的露珠，似大自然的馈赠，
轻嚼一抹绿意，口齿留香，心怀感恩。
阳光洒落的午餐，
热烈而饱满，赋予我奋斗的力量。
安然静谧的晚餐，似暮年的沉静，
轻抿一口清汤，岁月静好，心绪平稳。

食物与情感，交织成生命的旋律，
时而激昂，时而宁静，皆有节制。
在快乐的交响乐中，我寻找到节奏，
在健康的交响乐中，我感知到和谐。

饮食有节，如诗歌的韵律，
每一口都是赞美，每一餐都是感恩。
在碗碟的交响乐中，我听见幸福的歌唱，

在食物的色彩中，我感知生命的温度。

饮食有节。
每一次咀嚼，都是对生命的热爱。
在甘甜的果汁中，我品尝到希望的滋味；
在热辣的味道中，我感受到激情的燃烧。

饮食有节。
每一餐的满足，都是对生命的尊重。
我们用健康的食谱，谱写希望的诗行；
我们用规律的饮食，书写生活的赞歌。

关爱自己

你每天忙碌奔波，
就像一枚永不歇息的陀螺，
无暇顾及自身的需求，
却忘了一件重要的事——养生。

养生就像一位贴心的朋友，
时刻陪伴在我们身边，
用关爱和呵护，
守护我们的身心健康。
它是你在生活中的良师益友，
时刻提醒我们关注身体的信号，
用正确的饮食、运动和休息，
让我们的身体保持平衡与和谐。

你就像一位赛车手，
驾驶着赛车在人生的赛道上飞驰；
而养生就是加油站，

一尘集

为你提供源源不断的能量和动力。
如果你忽略了养生的重要性，
就像赛车没有加油，
身体将会出现故障，
甚至可能崩溃。

所以，不要忘记关爱自己，
要注重养生的重要性。
让健康成为生活的重心，
用正确的方式去呵护自己。
朋友，你养生了吗？
这不仅仅是一句问候，
更是一种关爱生命的态度，
赋予我们积极生活的力量。

爱

夜的诗篇，

在星辰下，抚平疲惫的心。

美梦，轻拂过每一寸肌肤，

带走所有的烦忧。

细雨，吻着田野，

滋润着大地。

轻舞的落叶，

在风中演绎着生命的延宕。

它们都是大自然的密语，

诉说着岁月的无常。

初升的阳光，

透过云层，照亮生命的每一个角落。

岁月的河流，带走了多少过往，

却带不走心中那份坚守的力量。

爱，是延年益寿的秘方，

它温暖如初升的阳光，

让人心生向往。

在世界的每一个角落，

人们都在追寻长生不老；

而真正的延年益寿方，

其实就藏在我们的生活日常。

家人的微笑，

朋友的陪伴，

陌生人的善良，

万物的包容与和谐……

让我们心怀爱与感激，

去迎接每一个明天。

平　　衡

在喧嚣的城市里，我们不断地追求着平衡，
在细微的日常中，彰显着平衡的真谛。

动静平衡，如同天气的风云变幻；
呼吸平衡，如同旋律的起承转合；
睡眠平衡，如同夜空的星辰映衬；
饮水平衡，如同甘露的滋润养护；
营养平衡，是我们身体的生理需求；
酸碱平衡，是我们身体的健康状态。

我们在忙碌的生活中寻找某种平衡，
对平衡的追寻是长寿的核心。
我们用平衡的智慧，照亮生命的河流。
无论外界如何喧嚣，生活如何变化，
只要拥有平衡，就能掌握生命的真谛。

平衡是生命的旋律，是生活的节奏，

一尘集

是我们在风雨中，坚守的那一份执着。

只有把握平衡，才能真正体验生命的美好，

只有理解平衡，才能真正领悟长寿的真谛。

平衡是人生的画布，是生命的舞台，

让我们用心去描绘，去舞动，

在平衡中寻找生命的意义，

在平衡中体验人生的美好。

喝　茶

茶叶，绿意盎然，
在杯中舞动，
荡漾出健康的新绿。
我凝视着它，
如同凝视着生活，
茶叶的每一次沉淀，
都是对生活的一种领悟。

茶香袅袅，
如同心灵的呼唤，
在每一个瞬间，
都藏着生命的智慧。
茶叶的每一次翻滚，
都是一次情感的表达。

茶叶，
你的绿意，

你的舞动，

如同生活的秘密。

你在水中沉淀，

我在心中吟唱；

你在杯中翻滚，

我在记忆中寻找。

茶叶，

你是我的朋友，

在生活的舞台上，

我们一起走过时光，

一起感受生活的芬芳。

茶叶，

你是我的灵魂，

在你的绿意和舞动中，

我看到了生活的色彩；

在你的香气和翻滚中，

我感受到生活的力量。

你如诗般沉淀，

如梦般升华。

养生之茶，

是生活的一种表达。

书　　法

墨色如黑色的衣裳，
字迹如生命的痕迹，
挥毫如舞者的狂欢，
落笔如画家的沉思。

书法是岁月的伴侣，
流淌着宁静的智慧，
在宣纸上笔走龙蛇，
如诗人笔下的精灵。
它是沉默中的低吟，
是漫长岁月中的陪伴。
在每一次起笔与落笔间，
流淌着生命的旋律。

书法是长寿的秘诀，
让心灵在喧嚣中安静，
如一盏明灯照亮内心，

一尘集

如一剂良药抚平创伤。

笔下有千年的智慧，
字里行间藏着奥秘。
书法亦是养生，
让生命在墨香中变得丰盈。

气　功

气功是神秘的魔术师，
它的存在，如同缥缈的云彩。
在无声的交流中，
赋予生命新的力量。

你在空气中舞动，
如同画家泼墨挥毫，
让人感受到大自然的神秘与伟大。
每一次深呼吸，
都是在呼唤大自然的能量。

你静静地坐在山巅，
如同一位禅师在打坐。
气功的存在，
让世界变得安静，
让生命更加精彩；
让人们感受到生命的力量，
让世界变得更加美好。

素　食

素食的智慧，
如盎然绿意，
沉淀着和煦的力量。

人生请与白菜萝卜同行，
莫将荤腥视为必然。
素食，不仅是一种饮食选择，
更是一种精神追求。
犹如秋水长天，
静谧而深邃。

绿叶与果实，
交织成生命的诗篇。
每咬下一口，
都是大地的恩赐，
亦是自然的赞歌。

素食的智慧，
犹如长河流水，
源远流长。
它让我们明白，
生命的真谛，
不在于对繁华的追求，
而在于内心的平和。

素食养生，
是一种生活态度，
也是一种精神寄托。
它让我们在喧嚣的世界里，
找到内心的宁静。

一尘集

冥　想

冥想，思绪静谧如深湖，
倒影在波纹中晃动，
又恢复平静。

冥想，清理内心的杂音，
把烦琐抛于脑后，
放松身心的束缚，
向着自由前行。

冥想，拥抱静寂的旋律，
感受生命的呼吸。
在时间的长河中，
冥想是一首优美的旋律，
回荡在心间。

熬夜有毒

在寂静的夜里，
我悄悄醒来，
独自与黑夜对峙。
书本是我的盾牌，
笔尖在纸上游走，
知识如涓涓细流，
汇成我灵魂的解药。

月亮藏在云后，
星星也悄然躲藏，
但我心中的灯火，
却为黑夜点亮。
那光明的力量，
驱散着黑夜的阴霾。

熬夜有毒，
却又能为我解毒。

疲惫的身体得以休息，
思绪得以放飞。
在这安静的夜晚，
我与古人对话，
享受着孤独的宁静。

黑夜是安静的巨人，
无边的寂寥包裹着我，
但我心中有光，
有热情的火焰，
有灵感的闪电。
它们是我的武器，
照亮我前行的路。

熬夜有毒，
却是一种奇妙的毒，
让我感受到生命的脉动，
让我看到黑夜的美丽。
我在黑夜中独坐，
与寂静共舞，
用灵魂的火焰，
照亮深邃的黑夜。

自愈是一道永恒的光

自愈之力，生命之源，
能量不灭，万古长存。
如星河璀璨，无穷无尽，
在人体中，引导前行。

自愈是一道永恒的光，
赋予生命更多可能。
在每一次和解中，
都为我们带来希望。
这是生命的奇迹，
也是自愈之力的赞歌。

自愈是一道永恒的光，
给予生命更多希望。
在每一次挑战中，
都在为我们铸造勇气。
让我们与之共鸣，
让生命更加光彩熠熠。

消化不是胃的使命

在生命的舞台上，
胃承担着消化的重任。
它默默地工作着，
忍受着食物的冲击，
还有那不断变化的情绪。
它曾被人们误解，被人们遗忘，
以为它只是一个无声的承受者。

然而，
这并不是它的本色。
它的真实使命，
是默默地守护着生命的火焰。
在每一个清晨，每一个黄昏，
它都在履行着这个使命，
无声无息，
无怨无悔，
它是生命的守护者。

让我们重新审视，

重新去认识，

这个被我们忽视的角色。

它不是简单的食物处理器，

它的价值，不应被忽视和遗忘。

一尘集

阅读是最美的养生

静谧的午后，阳光温柔，
手捧一本书，倾听岁月的脚步。
在文字的田野里，思想如麦浪起伏。
阅读，是一种新型的养生之道，
书页如拨片，轻轻拨动着心弦。

透过墨香，我感受到世界的温度，
在字里行间，我找寻人生的真谛。
书山有路勤为径，学海无涯苦作舟，
阅读，让我在知识的海洋中遨游。

在文字的森林中，我找到了自己，
在书页的翻飞中，我找到了生命的节奏。
书页轻轻翻动，犹如时间的翅膀，
带我穿越时空，去与先贤对话。

在阅读的过程中，我找到了安慰，

在文字的世界里，我找到了生命的答案。
阅读是一种修行，是对内心的滋养，
让我们在文字的田野里耕耘并收获。
书页上的每一行字，都是生命的种子，
播种在心田，收获一个丰富的世界。

阅读是最美的养生，
让我们在文字的海洋中遨游，与知识为伴。
在这个复杂多变的世界里，
请让阅读为我们找到一片宁静的天空。

一尘集

运动是养生的灵丹妙药

晨曦微露，小径蜿蜒，

脚步轻盈，踏出生命的旋律。

你是大地的儿女，与风共舞，

在每一个呼吸间，诉说着生命的欢愉。

阳光洒落，万物生长，

运动的身影，如诗如画。

你是那翱翔的飞鸟，穿越云端，

在每一个跃起间，触摸着世界的美好。

黄昏时分，湖面波澜不惊，

水的倒影里，是你的静谧与坚持不懈。

你如那流动的水，低吟浅唱，

在每一个沉浮间，领悟着生命的真谛。

夜幕降临，星辰点缀着苍穹，

月儿弯弯，伴你归来。

你是夜的守望者，与星对望，

在每一个回眸间，闪耀着梦的光华。

运动是养生的灵丹妙药，

在每一个运动瞬间，

绽放出生命无尽的光辉。

一尘集

第四辑

翱 翔

江　南

江南是儿时的记忆
小桥流水
绿柳荫浓
江南风景如画

江南是浓烈的米酒
香飘千里不见人醉
风儿悠悠自湖边来
江南微雨似梦

江南总在烟雨中微笑
随光阴流转
把梦和水乡
一并抛下

遥望江南云烟起
总有闲情上心头

179

一定要爱着点什么
恰如百草对江南的钟情
一定要思念点什么
好比百鸟对江南的呢喃

一尘集

春　风

春风的誓言轻轻地

刮起了坟头的绿草

草欣然展开春的颜色

把曾经的容颜唤醒

春风的畅想悄悄地

蔓延在墓地四周

把过去装点

被点缀过的便是再生

春风是四季的宣言

更是一年的起点

从地下到地上的轮回

把生命渲染得如此灿烂

夜　空

夜空是星星的舞台

星星落入了蓝色海洋

月亮是夜空的主角

在夜空高高挂起

斗转星移

成就了夜色的美丽

阴晴圆缺

把夜空的喜怒哀乐

表露无遗

夜空深邃浩渺

把白日无数的思考

装进了夜的怀抱

任星星逍遥

任月光滔滔

那遍洒的星光

映照着你伫立的身影

夜空装下了星星

也装下了月亮

却装不下你的孤独

清　　明

清明的风似梳子
把草木梳绿了
清明的雨像琴弦
把百鸟唤醒了
草木的绿
是对光阴的思念
百鸟的唤
是对大地的深情
灵气的风雨
把墓地上的草
吹得摇摇晃晃
只有天空中的百鸟
听懂了草木的絮叨
那不尽的啼鸣
便是百鸟对春天的思念

一尘集

184

明　月

不是为独行者探路

明月把光亮留给了大地

明月总是冷冷清清

它用孤独衬托了恋人的甜蜜

明月是轮回的光阴

即使日月同天

它也依然清明

明月是阴柔世界的光芒

照亮了凡尘那些美丽的灵魂

明月在那一头的时光里

合成了不朽的阴阳平衡

在如梭的岁月中

我们在明月下牵手同行

石　　路

家乡的那条青石板路
是儿时光脚穿行的轨道
家家户户门前
都是一个站台
即使是午夜穿行于石板路
那站台上也会有一盏亮着的灯
为晚归的人照行

而今，家乡的那条新路
宽阔平坦从村前经过
只有车的穿梭
没有行人的背影
曾经的站台
已是院门紧闭
不见孩童雀跃地穿行
只有孤独的路
寂寞地伸向远方

一尘集

安静的风

浮土，招惹了风
舞起了满天的灰尘
枯叶，诱惑着风
终结了叶与树的深情

那满天的金色
是树叶在舞蹈
那闪耀的金光
更是生命的升华
叶恋着树
撑起了绿荫的天空
这其中也有风的功劳

风行走在世界的每个角落
留下微笑
送来凉爽

踩　雪

小时候踩雪
留下一串长长的脚印
雪化了
脚印便消失了
而今踩雪
只有声音
却没有脚印

没有脚印的雪
显得那么生硬
那么沉闷
踩雪声打破了僵硬
留下的只是划过暮空的低鸣
如果我是一个踩雪人
那么，我还是愿意留下一串串脚印

滑　冰

你在冰面上起舞，
身姿轻盈如风。
冰刀划过冰面，
留下一道道璀璨的痕迹。

你是那自由的灵魂，
在冰的世界里畅游，
与冰共舞，
上演着冰雪世界的无尽传奇。

你与寒冷对话，
每一次滑行都是对寒冷的挑战与征服。
你与速度共舞，
每一次旋转都是对速度的赞美与驾驭。

雪是冬季的精灵，
在每一次滑行中释放着无尽的魅力与激情。

冰是大自然的馈赠，

在每一个瞬间记录着冰雪的美丽与神奇。

你在每一次滑行中，旋转出无尽的梦想与希望。

踏冰而舞，如风般轻盈，

滑过之处，璀璨如流星。

舞者于冰面之上，尽展风华，

每一次旋转，都是对自由的渴望与追求，

是速度与激情的碰撞。

留下一道道辉煌，

如同自然界的魔法，美丽又神秘。

一尘集

跳　伞

从云端跃下，风在耳边咆哮。
我与蓝天有个约定，
在白云的簇拥下，去寻找自由的轨迹。

降落伞张开，像一朵盛开的花，
带我飘向未知的远方，
远离尘世的喧嚣，去感受生命的奇妙。

逐渐接近大地，绿色的画卷在脚下展开，
我与大地的拥抱，是勇气的见证，
也是对平安幸福人生的向往。

跳伞的刺激与生活的平淡交织，
如同人生的起伏与变幻，
从云端跃下的时候，我们都在寻找那份独特的安宁。

永远的爱

你是我心中的思念
永远的期盼
隔着万水千山
那份思念
在路上
在心间
彼此心照不宣
无须多言

相见时的相拥
是那么甜
你低眉浅笑
俨如上弦月
也如春暖花开
尽在脸上

偶尔的春雷

会把思念惊醒

如纷飞的柳絮

思绪漫舞

亦如天边的彩虹

亮出心底共同的颜色

抵不住前世的情缘

把流逝的岁月一一清点

分分秒秒的煎盼

也无须感叹

在这不朽的内心

写满了对你的思念

第四辑 翔翔

193

为母亲洗脚

你是爱的源头，
是温暖，是陪伴，
是我成长路上最坚实的依靠。

你是一盏明灯，
照亮我前行的道路；
你是一把雨伞，
为我遮风挡雨。
你的爱如潺潺流水，
永不停息，永不枯竭。

今天，我想为你洗脚，
用我的双手，
传递我的爱和感激。
你的脚，曾经那么有力，
如今却已有些许的颤抖。
我想用我的双手，

抚去你的疲惫；

我想用我的温暖，

为你驱散寒冷。

在岁月的长河中，

你默默地付出和承受。

今天，我想为你洗脚，

让你的脚步变得更加从容和坚定。

母亲啊，你是我生命中最美的诗篇，

你的爱是我此生最珍贵的财富。

今天，请让我为你洗脚，

让我为你唱出心中的赞歌。

鸟儿的歌唱

在黎明的微光里，歌声穿越了黑夜，
如一支银箭，射向了大地。
你的歌声，是治愈的旋律，是力量的源泉，
让我们的心灵重新焕发活力。

你是大地的吟唱者，
你的歌声飘荡在晨曦与黄昏。
你的声音如山涧的清泉，如林间的风，
让我们的灵魂再次翩翩起舞。

你是生命的咏叹者，
在寂静的夜晚，你唤醒了沉睡的梦想。
你的声音如深海的浪潮，如大地的脉搏，
让我们的激情再次燃烧起来。

你是悲欢离合的诠释者，
在世界的舞台上，你奏响了生命的乐章。

一尘集

你的声音如星辰闪烁，如流水荡漾，
让我们的心灵再次沐浴阳光。

谢谢你，小鸟，
在你的歌声里，我们找到了力量与希望，
在你的声音中，我们感受到了生命的热情与温暖。

匍匐是你的使命

匍匐的不是身躯
而是思想的宣言
你将遥不可及的灵验
化作奔涌的力量
你一次次的叩问
不管佛陀有没有回答

这是回家的路吗
你只顾前行
无数次地亲吻来时的路
只不过是希望救赎自己的心灵

触地而行的匍匐呀
每一次都那么的沉重
被接触的大地呀
支撑起你干净的灵魂
你无数次仰望佛塔
看向的都是佛的眼睛

一尘集

神奇的土地

若干年前的渔村
已变成花园的模样
渔网被高高挂起
矗立的楼宇耸入云天
渔网下的绿草地
绽放着树与草的笑脸

千年的榕树
堂堂正正地立在网格中央
笔直的椰树守卫在它身旁
不甘寂寞的喇叭花竞相开放
渔网的影子也变得那么好看
让人忘了它曾经的模样

混搭的花园
和着千奇的世界
流淌着变化的痕迹
忆起的不是原有的样子
这里是一片神奇的土地

飞翔的天鹅

身披洁白的羽毛

把优雅和力量留给天空

飞翔是你的使命

尽情地舞蹈

任性地逍遥

寻觅是你的责任

欲望像飘浮的云彩

将诱惑恣意地戏耍

飞翔的天鹅呀

那绿草如茵的湖边

是你短暂的归宿

那湛蓝的湖面

是你演练的操场

冬去春来

南来北往

你用飞翔把时空征服

你用美丽与自然融合

如果说
自由飞翔是你的主义
那么
天空便是你一生求索的真理
美丽的天鹅哟
湖水和绿草地是你临时的驿站
你的心思
被湛蓝的天空牢牢地牵引
你惊叹天空的宽广
一股巨大的喜悦力量
让你展开翅膀
飞向那无限的湛蓝

精气神之歌

你从远古的天际飘然而至，
穿越时间的河流、未知的浩渺，
去探索生命的奥秘。
精神、气场、神情，
生命的三个灵魂，
无声无息，
却牵引着我们的命运。

精神，犹如熊熊的烈火，
燃烧着激情与希望，
照亮黑暗，
为前行指明方向。
气场，宛如大地的呼吸，
赋予万物以生命，
给予我们力量，
让我们在风雨中翱翔。
神情，是内心的明镜，

反射出我们的本性，
诠释着我们的态度，
是心灵的独白。

它们是生命的灵魂，
是我们的支柱，
是我们存在的证据，
是我们向前的动力。
它们与宇宙共鸣，
与万物共存。

养生之歌

我在每个清晨醒来，
身心平和，呼吸清新，
这是养生的科学，
也是生命的密码。

在生命的旋律中，我寻找着平衡，
阴阳交替，如同潮起潮落，
五行调和，如同四季更迭。
我歌唱着阴阳平衡，
如同大地的承载和天空的拥抱，
二者相辅相成，
在每个微小的细节中，
我寻找着平衡的力量。

我歌唱着五行调和，
如同金、木、水、火、土的交融，
五种元素相互制衡，

如同五脏的和谐、六腑的安宁。
在每个呼吸之间，
我感受着五行调和的奥妙。
养生的科学，
是身体的康健，是精神的清明。

我顺应四季歌唱，
如同春天的生发、夏天的繁荣，
以及秋天的收获、冬天的藏匿。
我在每个季节的变换中，
感受着生命的节奏。
养生的科学，
是适应自然，是尊重生命。

我歌唱着身心平和，
如同山间的静谧、海水的深邃，
在每个念头中，
我寻找着平和的力量。
养生的科学，
是内心的宁静，是灵魂的净化。
让我们随着生命的旋律，
一起歌唱，一起舞蹈，
阴阳平衡，五行调和，
顺应时季，身心平和。

柿子红了

柿子红了，在秋日的午后，
成熟的不只是果实，还有醇厚的时光。
它们在风中摇曳，轻轻低语，
讲述着红与蓝的缠绵。

柿子红了，像少女的脸颊，
泛着微微的羞涩，藏着淡淡的忧愁。
那抹红，是青春的印记，
是岁月在她们身上留下的温柔。

柿子红了，在枝头傲然挺立，
即使无人欣赏，也独自美丽。
那些过往的风霜雨雪，
都是她们成长的见证，不言不语。

柿子红了，像一首未完的诗篇，
诉说着生命的热烈，还有与世无争的恬淡。

一尘集

即使秋天的脚步匆匆，

她们依旧悠然自得，淡看云卷云舒。

柿子红了，是大自然的馈赠，

也是诗人笔下的灵感、画家的颜料。

让我们用心去感受这份美好，

在柿子的红中，找寻生活的诗意和远方。

第四辑　翱　翔

醉　　酒

醉酒的夜，月儿弯弯
星辰闪烁，云朵温柔
我独坐，对着无边的夜
一杯酒，却饮不尽喧闹

缥缈的月亮，没有醉酒的样子
我的酒杯，也唱不出歌声
但醉酒的豪情，却在我心中荡漾
心像一只自由的小鸟，在夜空中飞翔

风儿轻轻吹过
拂过我的脸
像是谁的手，在轻轻抚摸
像是谁的歌，在夜空中低吟

眼前的世界，开始旋转
月亮藏进了云层

星星也闭上了眼

只剩下酒杯，与我做伴

我醉了，灵魂在舞蹈

我唱着，心声在回响

醉酒不当歌，是心灵的独白

因为我知道，人生需要自己去演绎

不羁的风，拂过我的脸庞

我闭上眼，感受这世界的温暖与凉爽

醉酒不当歌，是生活的哲学

因为我要证明，我可以掌控自己的命运

醉酒不当歌，我轻声吟唱

在这无人的夜，我独自彷徨

那歌声飘荡，穿越了时空

寻找失落的心，还有那遥远的梦

钓鱼的乐趣

鱼线轻荡在晨曦中，
湖面波澜不惊；
浮标在无声处沉默，
耐心等待命运的微妙触碰。

鱼儿在水中游弋，
宛如舞者在光影间游走。
每一次咬钩，
都是对生命的挑战与未知的探索。

垂钓者静坐岸边，
心境如湖水般深沉而宁静。
钓鱼竿是他的笔，
湖面是他的画布，
鱼儿则是他的诗行。

时间在钓鱼中流淌，

悠悠然，不再匆匆忙忙。

钓鱼不仅仅是在捕获，

更是在与大自然对话，

体验生活的节奏与韵律。

鱼儿上钩的刹那，

是瞬间的欢腾与惊喜。

但钓鱼的乐趣远不止于此，

更在于那份悠然自得的心境。

第四辑　翔　翔

211

高尔夫不"高"

高尔夫在绿草的裙摆间
轻盈舞动
它与大地耳语，与风共舞
以低姿态，谱写力量的旋律

那远方的洞穴，是它的情人
每一次进球，都是热烈的吻
大地微微战栗，风也屏住呼吸
等待那完美的弧线，深情地拥抱

高尔夫不"高"，因为心存高远
低点起跳，是为了更高的飞跃
看似简单的一击，蕴含千钧之力
高尔夫的低姿态，是智慧的象征

它在与自然对话，与自我较量
在每一次挥杆中，寻找平衡

高尔夫不"高"，它的高度

在于心灵与宇宙的和鸣

灵魂的脚步在漫游

宁静的时刻，
到内心深处去漫游。
被思考润泽的思绪，
一定是清澈又深沉。

闪烁着新知的内心，
已被洗净了尘埃。
不再胆怯的念头，
慢慢地抬起它们的头，
试试冥想，试试思考，
然后一缕缕地呈现。

抖去杂念，
带着想象，
到内心深处去漫游吧。
在宁静的时刻，
闭着眼，抚摸着心，

踏着思绪，涉过想象。

灵感推开了纷扰，
思维在清新中自由荡漾，
灵魂的脚步在漫游。

第五辑

归

航

健　康

健康是上天赐予我们的使命，
是我们行走在繁华世间的底气。
我渴望在命运的洪流中，
抓住那份属于自己的幸运。

每日晨曦，太阳升起，
我向着天空，默默祈祷：
借我力量，借我翅膀，
让我在这人生的舞台上，
舞动那属于自己的精彩。

我向大海借勇气，
去面对人生的波澜和骇浪；
我向高山借坚定，
去攀登那心中无尽的路程；
我向大地借坚忍，
去承载我所有的快乐与伤痛；

我向天空借高远，
去指引我前行的方向和路程；
我向上天借健康，
让我在这繁华的世界勇往直前；
我向上天借力量，
让我在这命运的长河中砥砺前行。

健康是我灵魂的栖息地，
是我生命中最珍贵的财富。
我将珍惜这份借来的健康，
去体验这酸甜苦辣均有的人生。

一尘集

逝去是又一次转身

在时间的洪流里，你已渐行渐远，
如同夜空中闪烁的星辰，终将淡出天际。
那些曾热烈燃烧的日子，如今已成余烬，
而我们的记忆，却总在不经意间被唤醒。

你是曾与我们并肩作战的人，
是曾与我们共沐风雨、共度春秋的人，
你的笑容，都刻在我们的心中，
如今，你已逝去，却留下了永恒的回响。

你的离去，让我们更深刻地理解了生命的短暂，
让我们更珍视每一刻的呼吸、每一次的转身。
你的离去，让我们明白，生命不会永远停留。
你的精神，将永远照亮我们前行的道路。
在这个悲伤的时刻，我们悼念你的逝去，
但我们也坚信，你的精神将永存。

致敬中医养生人

你是健康的守护者，
你用一双巧手，
把阴阳调和，
让天地间涌动着勃勃生机。

您的声音如清泉般悦耳，
细述着五味的蕴藏，
诠释着生命的奥秘，
像春雨滋润着干涸的心田。

您的双眼如星辰般璀璨，
看透生命的玄机，
把握健康的脉络，
像明灯照亮了前行的道路。

您的双手如松柏般坚韧，
把古老的智慧传承，

一尘集

用温暖的双手，

把希望的种子播撒在大地。

中医养生人，

您是生命的诗人。

你用心灵的笔触，

描绘生命的画卷，

让健康之花在人们心中绽放。

第五辑　归　航

活着就要健康

在人生的长河中，
健康便是支柱，
没有它，一切都将崩塌。

人们寻寻觅觅，
追求名利、地位、财富，
却往往忽视了健康的重要性。
健康的身体，
是人生的第一财富，
是我们行走世间的基石。

生活，如同坚硬的石头，
我们在其中磨砺自己，
塑造出坚强的意志和健康的体魄。
我们应当珍视健康，
因为只有健康，人生才能走得更远，

这是我们应有的追求。
在生活的琐碎中，
我们应当保持规律的作息，
让身体得到充分的休息和调整。
在工作的压力下，
我们应当学会放松自己，
保持心情的愉悦和宁静。

我们应当善待自己的身体，
如同善待自己的灵魂。
在追求美好的道路上，
健康是我们不可或缺的伴侣，
它让我们能够更好地享受生活，
更好地去爱，去拼搏，去创造。
让我们珍视健康，热爱生活，
用健康的身体去感受世界的美丽，
用美好的生活去滋养我们的心灵。

疾病与人类文明

疾病，这个古老的幽灵，
在人类文明进程中，
一直伴随着我们。
它悄悄潜入人们的身体，
摧毁人们的健康。

贫穷、无知、贪婪，
是疾病的滋生源。
它们让人们更容易受疾病的侵袭，
让疾病在人们的生活中肆意蔓延。
然而，这并不是人类的错。

哲学，是人类灵魂的拯救者。
它让人们思考生命的意义，
让人们明白疾病的不可避免性。
然而，哲学并不能治愈疾病，
只能让人们更加坦然去面对。

医学科学，才是人类的希望。

它让人们看到了治愈疾病的曙光。

然而，科学并不是万能的，

它也有无法治愈的疾病。

但是，科学让人们有了更多的选择，

让人们在面对疾病时有了更多的力量。

疾病与人类文明，

一直是我们无法回避的话题。

人们不断地与疾病斗争，

不断地寻找治愈的方法。

虽然我们无法彻底消灭疾病，

但可以用爱和关怀来减轻它带来的痛苦。

健康中国 2030

在这个炽热的夏日，
我站在时间的门槛，
眺望那健康的田野，
绿意盎然，生机勃勃。

那是十四亿人的呼唤，
那是全国人民的企盼，
那是全民福祉的壮丽画卷。

你看那步行道旁，
健康的步数清晰可见，
每一次挥洒汗水，
都是对生命的热烈告白。

你看那公园里，
人们笑语盈盈，
舞动的彩扇，
是对健康的赞美和歌颂。

一尘集

你看那炊烟袅袅，
干净的厨房崭新又明亮，
营养均衡的饮食，
是每一天生活的甜蜜馈赠。

你看那医院里，
医护人员亲切温暖，
他们用专业和爱心，
守护着我们的健康。

在这场全民的健康盛宴中，
我感受到了生命的脉动，
我看见了未来的希望，
我听到了梦想的呼唤。

健康中国 2030，
是党中央的宏伟蓝图，
是人民的健康福音，
是国家的繁荣基石。
让我们一起加入这场健康之旅，
让每一天都充满活力，
让每一刻都充满希望，
让我们的未来更加美好。

养生不只是为了活着

养生不只是为了活着，
而是为了更好地绽放生命的色彩。
在岁月的长河中，
我们追求的不只是年华的印记，
更是灵魂的流淌与呼吸。

青翠的叶子，
不只为了生存，
更为了向阳的勇气和坚持。
生命之花，
不是为了一时的绚烂，
而是为了那一份向上的仰望，
向善的追寻。
我们手握生命之笔，
在人生的画布上，
描绘出丰富多彩的图景。

养生不只是为了活着，

而是为了那份对美好的向往，

对生命的敬畏和尊重。

让我们用诗意的灵魂，

去感受这个世界，

去体验生命的每一个瞬间。

在岁月的诗行中，

我们用心去书写。

养生不只是为了活着，

而是为了生命更好地绽放与飞扬。

保持健康是责任

身体是生命的舞台，
健康是主角的王冠，
谁也不能替代它的位置，
谁也不能忽视它的存在。

健康是一座高山，
是我们赖以生存的基石。
它像一座坚固的城堡，
保护我们免受疾病的侵扰。

健康是一朵盛开的花朵，
需要我们用心去浇灌。
它像一束温暖的阳光，
是照亮我们前行的航标。

保持健康是做人的责任，
它像一个神圣的使命，

需要我们日复一日地坚持，
需要我们时时刻刻去呵护。
让我们珍爱自己的身体，
让健康成为我们生活的信仰，
让健康成为我们生命的基石。

无病到天年

无病的人生，如清泉流淌，
无患的心境，如风儿悠扬，
与天同寿，共享岁月的长河。
光阴的故事，如诗如画，
无痛的心灵，尽情舞动。
杨柳依依，轻轻拂过水面，
唤起生命的共鸣。
无病到天年，
与天同寿，
与日同辉，
这就是我心中的理想。

一尘集

长寿时代

在长寿的时代，我们豪情万丈，

我们拥抱时光，笑看风云。

岁月的长河流淌不息，

我们以智慧和勇气，书写生命的诗篇。

快马加鞭，奔腾不息，

追求长寿的幸福，追寻遥远的梦想。

在生命的舞台上，我们不屈不挠，

用信念和坚持，铸就美好的未来。

长寿的意义，并非仅在于生命的延长，

更在于我们在这个世界上留下的印记。

我们用智慧和才华，

让这个世界因为我们的存在而变得更加美好。

在长寿的时代，我们共同成长，

彼此陪伴，共同追寻生命的意义。

我们笑看风云，拥抱世界，

用心感受长寿时代的幸福与欢喜。
我们不只是为自己而生，
更是为了传承和推动社会的进步。
在长寿的时代，我们肩负重任，
让我们一起迎接长寿时代的挑战和机遇，
用勇敢和智慧，去书写属于我们的传奇。
在未来的日子里，我们共同成长，
一起追求长寿时代的幸福与意义。

一尘集

无疾无患　健康百年

在晨曦中，
男女老少，
舞动在绿意盎然的空间，
他们在锻炼身体。
养生，如同生命的调色板，
涂抹着希望，展现着热烈，
从黎明到黄昏，从春华到秋实，
每一滴汗水，都是对未来的期许。

健康，是生命的灵魂，
是面对挑战的底气，
是每一次呼吸中的安心与满足，
是明亮的眼睛，是欢笑的声音。

无疾无患的梦想，
在每一个清晨醒来，
在每一次深夜入眠，

在每一份精心烹饪的餐食中，
在每一份对身体的关爱中。
人们通过锻炼和养生，
让生命更旺盛，生活更幸福，
养生、健康，对长寿的祈盼，
在每个人心中绽放出希望的花朵。
在这个时代，我们追求无疾无患，
我们以诗为歌，以锻炼为舞，
以养生为画，绘制生命的繁华。

一尘集

未医的希望

无疾无患，健康百年
是希望还是梦想
如果希望是一个存在
我愿粉身碎骨去找寻
如果梦想是真理
我愿用一生去求索

无疾无患，不是梦想
文明之光
一次次把人心照亮
每一次文明的进步
便是疾患的逃亡

活成长寿的模样

活成长寿的模样，
不是追求永生，
而是让每一天
都充满活力和希望。

活成长寿的模样，
如心中的一团火，
燃烧着激情与梦想，
照亮人生前行的路。

活成长寿的模样，
是善良的种子，
播撒在心间，
让爱与希望生根发芽。

活成长寿的模样，
是坚定的信仰，

指引我们前行，

不畏风雨，不惧黑夜。

活成长寿的模样，

是力量的源泉，

让我们勇往直前，

无惧挑战和困难。

活成长寿的模样，

是光明的使者，

为他人照亮道路，

温暖彼此的心灵。

让我们一起活成长寿的模样，

用爱书写人生的篇章。

让长寿的光芒照耀人间，

温暖每一个生命。

呼　　吸

每一次的吸气，是对生活的渴望，
每一次的呼气，是对生活的释然。

我们在天空中寻找自由的方向，
在大地上体验呼吸的真实。
呼吸是对生活的适应，
如同水和鱼的陪伴、风与树的依恋。

我们在呼吸中感知生活的节奏，
在呼吸中体验生活的色彩。
紧张与放松、拿取与给予、
接触与防范、自由与束缚……
生活如同这矛盾的词汇，
在呼吸中，我们感知人生的深度。

让我们以诗人的视角看待生活，
用拟人和象征的手法描绘它的轮廓。

一尘集

在每一次的呼吸中，我们感受生活的韵律，

呼吸，是我们对生活的适应。

第五辑　归　航

和喜欢的人在一起

和喜欢的人在一起，也是一种养生。
仿佛一盏明灯，照亮了岁月的长河，
如同春风吹拂枝头，温暖了寂静的夜晚。
这是一种无形的滋养，让心灵得到了宁静。

和你相伴，我的内心充满了和谐与美好。
你的笑容如阳光，温暖了我疲惫的身体，
在我心中种下了快乐的种子，
让它生根发芽。

你是那清澈的湖水，倒映出我生命的模样。
在你的身边，我可以感受到自己的存在，
仿佛一颗璀璨的星星，
在你的宇宙中闪耀。

在你的陪伴下，我找到了前进的方向。
和你在一起，我不再彷徨，不再迷失。

一尘集

你的存在，如同灵魂的食粮，

让我充满了力量。

在有暴风雨的夜晚，我们相互依靠，共同度过。

你是我生命中的宝藏，是我心间永远珍藏的瑰宝。

和你在一起，感受心灵的共鸣。

彼此陪伴，相互关怀，让生命更加美好。

无论春夏秋冬，我们都会携手共度。

因为你是我的喜欢，我是你的喜欢。

千万别熬夜

千万别熬夜，夜的魔爪正伸向你的健康，
像暗夜的幽灵，悄无声息地偷走你的活力。
别让疲惫的双眼盯着电子屏幕，
让它们望向星辰，望向黎明的曙光。

千万别熬夜，那是与黑暗的斗争，
是生命与时间的赛跑。
别让黑夜成为你的囚笼，
让白昼的阳光唤醒你的灵魂。

千万别熬夜，那是一首未完成的歌，
是失望的交响曲。
别让疲倦的歌声淹没在夜的寂静中，
让清晨的鸟鸣唤醒你的歌声。

千万别熬夜，那是与自我的对话，
是灵魂的独白，是内心的呐喊。

一尘集

别让孤独的影子在黑夜中徘徊，
让温暖的怀抱陪伴你的梦境。

第五辑　归　航

草本植物

它们在风中摇曳生姿，
舞动着生命的旋律。
它们的绿色是生机，
它们的香气是治愈。

它们调理着气血的平衡，
如同诗人笔下的意境。
草本植物的语言是沉默的，
但它们的疗效是无尽的。

草本植物是大自然的诗篇，
调理气血的秘密在其中流淌。
它们是大地的孩子，
也是生命的守护者。

旅行是另一种养生

我穿越尘世的花花绿绿，
寻找心中的那片蓝色海洋。
旅途宛如一艘无锚的船，
随风漂荡，寻觅未知的远方。
我扬帆远航，
穿越波浪，寻找星光。
每一座城市、每一片山川，
都是我养生的灵魂驿站。

旅行，让我感受到生活的美好，
如盛夏的清风，又如寒冬的暖阳。
我在无尽的路途中，
感受生命的力量，体验生活的芬芳。

养生，不只是一种生活方式，
更是一种态度，一种信仰。
我用行走的方式，与世界对话，

用体验的方式，拥抱生活的全部。
我在风中徐行，穿越万水千山，
只为那一份自由的呼唤。
我在每一个日出日落中，
找寻生命的答案，享受生活的盛宴。

养生，是一场没有终点的旅行。
让我在诗意的旅程中，
找寻生命的价值，享受生命的馈赠。
我在路上，在寻找，在体验，
这就是我的养生之道，我的生活之歌。

一尘集

健康是需要投资的

健康，是一位娇嫩的公主，
需要我们用心去呵护。
她不喜欢烟酒的熏陶，
却偏爱运动和新鲜的蔬果。

每天早晨，当太阳初升，
是她最需要关爱的时候。
一杯清水、一个微笑，
是给她最好的爱的馈赠。

在繁忙的工作和学习中，
别忘了给健康留一席之地。
哪怕只是短暂的休息，
也能让她重新焕发生机。

健康不是无尽的财富，
却比任何财富都更加珍贵。

她需要我们不断地投资，
才能收获长久的幸福和安宁。

让我们一起行动起来，
关爱自己，珍惜健康。
用运动和绿色的生活，
为我们的身体注入无限的力量。

一尘集

伟哉中医

在古老的木桌前，
你如一位智者，穿越千年的时空，
独自在深夜的星空下探索着生命的秘密。

你的手指，轻如落叶，触摸着病人的希望。
那不同名字的草药，如诗如画，
在千锤百炼中，凝聚着沉淀的岁月，
它们是古老智慧的结晶，是医者仁心的荣耀。

你的目光，深邃如海，洞悉着生命的秘密，
在望闻问切中，寻找着疾病的真相。
那是一种超越语言的力量，
在病痛与健康之间，描绘出一幅生命的画卷。

你的故事温暖如阳光，照亮了人性的角落，
在生与死的边缘，守护着生命的尊严。
你的双手，犹如诗人的笔墨，

书写着生命的力量。

伟哉中医!
在古老的智慧中，我们找寻着生命的答案，
在你的指引下，我们学会了倾听自然的声音，
在你的教诲中，我们领悟到了生命的真谛。

伟哉中医!
在未来的道路上，我们将继续探索，
在你的智慧中，我们找寻生命的答案，
在你的指引下，我们将不断前行。

一尘集

翻山越岭

翻过山丘，
回头遥望，
我穿越荒芜，踏过荆棘，
只为寻找那梦中的远方。

脚下的大地，是岁月的见证，
它承载了无数英雄的足迹。
我用力攀爬，汗水滴落，
每一滴都是我对生命的热爱。

风吹过耳畔，带来远方的呼唤，
它告诉我，梦想就在前方。
我闭上眼睛，感受风的温度，
那是自由和希望的模样。

越过山巅，眼前是一片广袤，
天空如此辽阔，云朵如此洁白。

我张开双臂，拥抱这自由的风，
仿佛整个世界，都在我的怀中。

我知道，路还很长，
前方还有更多的高山等待去翻越。
但我不会停歇，不会退缩，
因为心中有梦，脚下有路。

翻山越岭，只为那一抹夕阳，
只为心中那朵盛开的花。
从青丝到白发，追逐那远方，
只为心中那份不变的信仰。

一尘集

断　食

餐桌之上，食欲如兽，
在杯盏间张牙舞爪，
我轻轻挥手，对它说：
"今夜，我将与你断交。"

筷子静止，
我闭上眼，让味蕾沉睡，
在寂静中，聆听身体的低语。

腹内空虚，如冬日的旷野，
却有一股暖流悄然升起。
那是生命的原态在呼唤，
在断食的夜里回归本真。

截断欲望，如斩断乱麻，
让身心变得自由。
我在黑暗中行走，不带负担，

只听得见心跳和呼吸的回响。

灵魂游走在月光下，
摆脱了物质的束缚，变得轻盈。
我张开双臂，拥抱这空灵，
仿佛拥抱了整个宇宙的秘密。

断食之夜，是截断索取的欲望，
斩断纷扰，让心灵得以解放。
在这空灵中，我找到了自我，
也找到了生命最纯粹的模样。

当黎明的曙光洒满大地，
我微笑着，向新的一天问好。
断食的夜，已成为过去，
但那份感觉，将永存我心。

一尘集

别 心 急

别心急，莫让时间成了沙漏，
在指缝间悄然滑落。
城市的脉搏匆匆跳动，
行人穿梭在街角巷尾。

街头，红绿灯交替闪烁，
车辆疾驰，掀起一阵尘埃。
人们追逐着远方的光芒，
却忘了沿途的风景也值得停留。

朋友，
别心急，放慢你的脚步，
听听风的声音，感受大地的脉搏。
让心灵回归宁静，让生命回归自然，
让我们在平和的心境中，找到真正的幸福。

深　巷

在城镇的角落，有一条深巷，
静谧而悠长。
青石板路，映着斑驳的光影，
无为的花儿，在墙头悄悄绽放。

风是偶尔的访客，
带着远方的消息，又匆匆离去。
它轻拂过花瓣，留下微醺的香气，
仿佛在说："看，这里也很美丽。"

深巷的花儿，不张扬也不喧哗，
它们静静地绽放，
没有蜂蝶的打扰，没有人群的喧嚣，
只有那淡淡的香，飘散在巷子里。

那长居于此的模样，
像是一位老者，静静地守望着过往。

它见证了历史的变迁、人世的沧桑，
却从未改变过自己的模样。

深巷的风景，
鲜有人驻足细细品味。
它藏着故事，藏着岁月的秘密，
却只能默默地等待被发现。

那深巷里没有笑声，
只有风儿的轻语、花儿的呢喃。
这是一种无奈，也是一种选择，
选择了寂静，也选择了孤独。

但在这寂静与孤独中，
却有着别样的美丽和魅力。
那无为的花儿、那长居的老者，
都是这深巷中最珍贵的宝藏。

深巷啊，你虽不广为人知，
但你的美丽，却永远不会被忽视。
在这个日新月异的时代，
你依然保持着那份宁静和从容，
拥有一种别样的魅力。

睡　美　人

枕头是云朵，床单是河流，
我在其上，漂浮，漫游，
梦中，有鹿穿林而过，
每一步，都踏着时间的节奏。

月光是梳子，梳理我的梦；
星星是镜子，映照我的容颜。
睡眠是最好的美容师，
无须粉黛，我已是最美的模样。

夜的深处，我听见花开，
每一朵，都有你的名字。
在梦的尽头，我触摸到月亮，
那清凉，如你指尖的温柔。

睡眠，你是夜的使者，
带我穿越黑暗，找到光明；

一尘集

你是时间的魔法师，

让我于短暂中找到永恒。

在这美的银行里，我储蓄梦，

用睡眠的利息，滋养生命。

在这夜的舞台上，我翩翩起舞，

感谢你，

睡眠——我的美容师。

乡村游龙

春节的喜庆，在游龙的锣鼓声中。
几百米长的巨龙，像海洋里的漩涡，
男人们的热情在其中翻涌。

龙头高昂，象征着乡村的骄傲；
龙尾摆动，勾画出土地的记忆。
男人们舞动巨龙，汗水浸透衣衫，
每一步都充满力量。

巨龙在田野上翻滚，翻出泥土的芬芳。
男人们的肩上，是巨龙的身躯，
他们的脸庞，沾满泥土的印记，
那是劳作的痕迹，也是乡村的印记。

游龙不只是舞蹈，它代表乡村的力量。
男人的肩膀上承载着希望，
他们用力舞动，挥洒汗水，

那是对土地的敬仰，也是对生活的热爱。

夜幕降临，游龙在月光下静卧。
男人们围坐一旁，分享着游龙的欢乐，
他们的笑容，像星光一样灿烂，
照亮了整个乡村，也照亮了人们的心田。

乡村游龙是个体力活，但他们乐在其中，
他们用汗水和热情，书写着乡村的传奇。
游龙在他们的舞动下，变得更加生动，
那是对乡村的热爱，更是对乡村振兴的执着。

第五辑　归　航

饱腹不长寿

饱食之后，肚皮鼓胀，
贪婪的胃，欲望的象，
吞食着时间，忘记了时光。

长街短巷，灯火辉煌，
美食如云，味蕾欢畅。
却忘了，那饥饿的年代，
米粒如金，珍藏心间。

身体丰满，心灵空瘦，
欲望的沟壑，填不满的空虚。
健康如树，需雨露阳光，
而非暴食，短暂的欢畅。

长夜漫漫，星光点点，
胃中翻腾，梦却难成。
曾经的瘦，是活力的证明；

如今的胖，却成了负担。

生命短暂，如流星划过，
何必为了口腹之欲，暴饮暴食？
让身心轻盈，如飞鸟翱翔，
饱腹不长寿，简单才为真。

每天喝点酸奶

玻璃瓶轻轻摇晃，
酸奶如雪，白得纯净，
温柔又细腻。

一勺入口，
酸甜交织，
仿佛初恋的回忆，
清新、自然，又带着甜蜜。

午后的阳光，
斜斜地洒在桌上，
酸奶瓶已半空。

夜晚来临，
月光如水，静静流淌，
酸奶已尽，只留下空瓶，
它在沉默中，象征着一天的安宁。

一尘集

与酸奶相伴，

如同与时光对话，

它告诉我，简单即好，

无需繁华，只需平淡中的一点甜。

每天喝点酸奶，

也是对生活的热爱，

它不仅仅是一种食物，

更是一种心灵的滋养。

午后的困倦

午后的阳光，斜斜地洒在桌上，
食物消化，身体舒展。
为何此刻，眼皮沉重，思绪飘散？
困意来袭，如潮水般不可阻挡。
是胃的满足，
还是大脑的疲惫？
午后的困倦，
是身体的呼唤，
还是对日常忙碌的短暂逃离？

咖啡的香气，刺激着味蕾，
却难以驱散那困意的阴霾。
窗外的风景，依旧明媚动人，
但眼中的世界，却渐渐模糊。

午后的困倦，是对生活的对抗，
是对疲惫身体的温柔抚慰。

它告诉我们，生活需要有节奏，
张弛有度，才能继续前行。

午后的困倦，
是生活的插曲，是自然的馈赠。
让我们在短暂的休憩中，
重新找回力量，继续追逐梦想。

第五辑　归　航

养　生

在生命的辽阔草原，
有一种起源如晨曦初现，
滋养着每一颗种子，
让生命之花在希望中绽放。

它是岁月的醇酒，
在时光中酝酿；
它是生命的精华，
每一滴都闪烁着智慧的光芒。

它是山涧的清泉，
滋润着生命的脉络，
在崎岖的征途上，
赋予我们前行的力量。

它是夜空中的星辰，
虽遥远却明亮，

指引我们前行，

在黑暗中找到光明的方向。

它是大海深处的珍珠，

历经磨砺更显珍贵，

在生活的波澜中，

展现着生命的真善美。

它是人生的哲学，

告诉我们生命的真谛；

在繁华与寂静中，

我们找到内心的宁静与平和。

在生命的画卷上，

养生是浓墨重彩的一笔，

它让我们在岁月的长河中，

书写着属于自己的精彩篇章。